KB103058

기꺼이

이방인

《기꺼이, 이방인》

어느 사회학자의 여름 대관령 일기

초판 1쇄 인쇄 2020년 07월 16일
초판 1쇄 발행 2020년 07월 25일

지은이 천선영
펴낸이 전지운
펴낸곳 책밥상
디자인 Studio Marzan 김성미
등록 제 406-2018-000080호 (2018년 7월 4일)
주소 경기도 파주시 문발로 197 우편번호 10881
전화 031-955-3189 **팩스** 031-955-3187
이메일 woony500@gmail.com
블로그 https://blog.naver.com/woony500
인스타그램 https://instagram.com/booktable1
인쇄 다다프린팅 **제책** 에스엠북

ISBN 979-11-971046-0-2 03810 ©2020 천선영

이 도서의 국립중앙도서관 출판예정도서목록(CIP)은 서지정보유통지원시스템
홈페이지(http://seoji.nl.go.kr)와 국가자료종합목록 구축시스템(http://kolis-net.nl.go.kr)에서
이용하실 수 있습니다. (CIP제어번호 : CIP2020028023)

기꺼이,
이방인

어느 사회학자의
여름 대관령 일기

천선영 지음

책밥상

해를 맞춘 것은 아니지만
올해는 내 어머니의 팔순입니다.
혹시 이 책으로 때우고 넘어가도 될까요?

어머니 말씀대로
무거운 책 들고 다니며
돈 안 되는 일만 하고 다니는
딸이 드립니다.

평범함과 비범함을 조화시키는, 마술

시인 김수영은 〈아픈 몸이〉라는 시에서 읊었다.

"아픈 몸이/ 아프지 않을 때까지 가자/ 나의 발은 절망의 소리/ 저 말馬도 절망의 소리".

참으로 처절한 삶의 태도가 아닐 수 없다. 그런데 과연 그래야 하나? 아니 그럴 수 있나? 머무름을 거부하고 계속해서 나아가되 아픈 몸을 가만가만 달래주는, 처절한 절규가 아니라 은은한 미소가 배어 있는, 그런 삶은 어떠한가?

천선영의 《기꺼이, 이방인》은 김수영의 비극적 낭만주의가 담고 있는 삶에 대한 엄격함을 수용하면서도 그것을 유쾌함으로 능청스레 뒤바꾼다. 천선영은 이른바 '정주형 여행'의 철학을 제시한다. 때로는 뻔뻔하게, 때로는 순진하게 여행길에서 만난 모든 사람에게 도움을 청하고 정보를 구한다. 그 사람들과 함께 여행지에 머물며, 새로운 삶을 발견하고 발명한다.

사회학자인 그녀는 "현장에 집중하자"고 제언하는데, 이때 현장이란 대단하고 예외적인 사건이 발생하는 공간이 아니다. 이 책에서 천선영의 현장은 대관령이다. 그녀가 머무는 대관령의 한켠에서 정중동 흘러가는 삶이다.

그녀는 그 현장에 어떤 방식으로 적응하고 집중하는가? 그녀는 자신의 아픈 몸을 어떤 질주와 절규에 투신하는가? 그녀는 그저 가뿐히 댄스반에 등록한다. 그녀는 아픈 몸이 아프지 않을 때까지 춤을 춘다.

《기꺼이, 이방인》은 아픈 몸을 회복시키는 두어 달 요양의 기록이 아니다. 천선영은 방문한 여행지에서 여행 기억들을 되살리고, 관찰하고 기록하고, 친구들을 사귀고, 작은 모험을 감행한다. 그녀는 아픈 이에게 건네는 빤한 동정심도, 지나친 기대도 거부한다. 아프지 않을 때까지 아픈 몸을 끌고 가는 것이 아니라, 아픈 몸으로 이미 아프지 않은 삶을 구가한다.

여행이 돌아오기 위해 떠나는 것이고 떠나기 위해 돌아오는 것이라면, 이때 여행의 절반은 이미 일상으로 이루어져 있다. 천선영에게 대관령은 토마스 만의 《마의 산》 못지않다. 이 책을 읽는 독자는 일상과 여행을 뒤섞고, 평범함과 비범함을 조화시키는 천선영의 경이롭고 사랑스러운 마술에 빠져들지 않을 수 없을 것이다.

심보선(시인, 사회학자)

추천사 평범함과 비범함을 조화시키는, 마술 _ 심보선(시인)

들어가며 대관령 두 달 살이 시작, 대충 잘 살기로!

1장 다가오는 것들 _ 대관령 두 달 살이를 시작하며

보드니아●
속초 영랑호●

● 낙산해수욕장

양양군

● 속삭이는자작나무숲

모스크바

몽골

● 보헤미안 본점
강릉시   ● 씨마크호텔
            ● 선교장
● 대관령사파리목장   ● 카멜브레드
대관령면   ● 고래책방
오대산명상마을 옴뷔   ● 대관령도서관   ● 빵짓는농부
밀브릿지 전나무숲●
          티팩토리(댄스교실)● ●아버지의목장
봉평면   용평면   ● 청춘떡방 ●노기하우스 ● 안반데기
이효석문학관● ●빵프레   진부면   ●고려궁
       ● 꼬로베이   ● 모정탑길
  ● 이가본때

홍천군

         대화면
방림면   ● 대화성당
      ● 파크로쉬 ● 정선 아우라지   동해시
   ● 이화에월백하고
   평창읍
      미탄면   정선군
            ● 전영진어가

베를린

마드리드

C 강주현

*지도에 표기된 곳들은 대관령 두 달 살이 동안 내 작은 삶을 넉넉하게 해 준 감사한 '장소'들입니다.

대관령 두 달 살이 시작, 대충 잘 살기로!

나는 어쩌다 대관령 두 달 살이를 실행에 옮겼고, 이 글은 일종의 기록입니다. 그런데 본격적인 여행기도 아닌 것이 그렇다고 일기도 아닌 것이 아, 이 글이 여행을 핑계로 쓴, 친구에게 보낸 '진줏빛 편지'처럼 읽힐 수 있으면 좋겠습니다. 아니, 미래의 나에게 보낸 편지일지도 모릅니다. '지금 여기서 충분히 행복할 것'이라는 작은 삶, 여행의 가르침을 기억하기 위한.

그리고! 나는 좋은 글의 조건 중 하나가 생각을 여는 글, 읽는 사람으로 하여금 뭔가를 쓰고 싶게 하는 글이라고 생각합니다. 부디 이 글이 당신 스스로 여행 편지를 남기고 싶은 마음을 들게 했으면 하는 가당치 않은 욕심이 있습니다.

매사에 너무 열심인 제자가 있습니다. 나는 그 친구처럼 열심히 산 적이 있는지, 사실 기억이 잘 안 납니다. 고등학교에 재직 중인데 결혼을 앞두고 얼마나 신경 쓸 일이 많았는지, 얼굴이 반쪽이더군요. 잠깐이었지만 반가운 만남 후 문득 그 친구 생각이 나서 "대충 잘 사시게"라는 문자를 보냈습니다. 어떻게 그리 단박에 자신의 상태를 눈치챘느냐면서 위로가 되었다는 답장이 왔습니다.

어느 때부터인가 누군가에게 하는 말의 대부분은 사실 나 자신에게 하는 말임을 알게 되었습니다. 물론 그 친구가 모든 것을 마음을 다해 하느라 애쓸 것이 눈에 밟혀, 안쓰러워 한 말이긴 하나 그건 누구보다 나 자신에게 하는 말이었을 겁니다.

잘 살고 싶으나 천성이 게으르기도 하고 건강이 무너져 몸도 따라주지 않으니 스트레스가 적지 않고, 대충대충 하자 싶으면서도 그마저 잘 안 됩니다. 문득 떠오른 문장 하나가 '대충 잘 살자'였습니다! 그 말을 마음속으로 되뇌는 순간 묘하게 꽤 위로가 되었습니다. 신기하죠? 그래, 그럼 오늘부터는 대충 잘 사는 걸로!

아마 그렇게 마음을 바꿔 먹어서, 아니 그렇게 마음을 바꿔 먹으려고 애쓰고 있어서 그래서 지금 같은 말도 안 되는 '모험'도 할 수 있었는지 모릅니다. 그렇습니다. 나는 지금 강원도 대관령에 두 달 살기를 하겠다고 짐 싸들고 '피접(요양)'을 왔습니다. 그럼, 대관령 살이 시작해 보겠습니다.

1장
다가오는 것들
대관령 두 달 살이를 시작하며

지금 많이 아픈가요?
그렇다면 한편 기뻐할 일입니다.
그 힘겨움과 고통은,
삶에 대한 사랑의 다른 이름일 것이기 때문입니다.
충분히 아파하고 충분히 앓아내셔서
그 힘으로, 그 힘으로
기어이 오고야 마는 새봄을 맞으시길 빕니다.

통일을 바라야 할 이유

유학 생활도 꽤 오래 했고, 외국에서 한 달씩 살아보기도 했고, 무엇보다 역마살이 있냐고 할 정도로 돌아다니길 좋아하는 나지만, 대관령 두 달 살이를 결정하는 일은 쉽지 않았습니다.

마음으로야 더할 나위 없이 하고 싶은 일이었지만 학교와 집을 두 달 동안 비우는 것이 만만한 일은 아니었습니다. 물론 적지 않은 일들을 온라인으로 처리할 수 있는 세상이나, 그래도 이런저런 일들을 '일시 정지' 시켜야 했습니다. 그리고 이것도 일종의 이사라 신경 쓰이는 일도 꽤 많았습니다. 아침 신문읽기의 즐거움을 포기해야 했고 공동작업, 각종 잡무와 우편물 처리 등은 어찌할 것인지 등도 머리가 아팠습니다.

육체적으로 가장 힘들었던 일은 화분을 옮겨놓는 일이었습니다. 화분 옮기다 몸이 더 고장날 것 같았습니다. 이참에 화분 수를 줄이고 덩치 큰 화분은 정리해야 할 모양입니다. 장거리 운전은 또 어쩌고요. 운전 자체가 서툴기도 하지만 몸이 굳어오는 증상에 중간 중간 계속 쉬어야 해서 남들보다 두 배 정도 걸릴 거라 예상해 7시간 정도를 잡아야 했기에 그것도 맘먹기가 쉽지 않았습니다. 이동 준비 과정에서 내가 '여행자' 본능을 잊어버리고 꽤 뿌리 깊은 '정주자定住者'가 되어버렸다는 것도 알게 되었지요.

그래도 한 가지 믿음이 있었습니다. 가면 후회하지 않을 거라는. 길 떠나 후회한 일은 단 한 번도 없었기에 일종의 경험칙에 의거한 믿음, 같은 것이었습니다. 그저 그 믿음 하나로 드디어 떠나왔습니다. 오는 길에서조차 내가 뭔 짓을 하고 있나, 가능한 일을 하는 건가 싶던 마음은 도착하는 그 순간 바뀌었습니다.

잘 왔다, 좋다! 분명 다시 오고 싶을 거다!

어딘가 좀 모자라서 날씨에 매우 의존적인 인간인 나는 칠월임에도 유월의 연장인 것 같은 쾌적한 날씨에 그것만으로도 정말 살 것 같습니다. 이제 시작이니 더 지내봐야 하겠지만 이미 다른 곳은 폭염주의보라는데 이곳은 열린 창문 사이로 불어오는 바람이 낮에도 선선하게 느껴지니 축복입니다.

만성 수족냉증과 각종 순환장애 질환에 시달리는 나는 당연히 더위보다 추위가 더 싫지만, 컨디션 조절은 여름이 훨씬 더 어렵습니다. 에어컨을 견딜 수 없는 이상한 사람이라(여러모로 좀 '이상한' 사람이라는 걸, 나도 잘 알긴 압니다.) 대한민국의 여름은 에어컨

이 있어도, 없어도 넘기 어렵습니다. 결국 여름마다 아무것도 제대로 하지 못한 채 몸만 엄청 축나는 경험이 반복되었습니다. 시원하고 건조한 몽골에라도 다시 가야 하나 고민하던 참에 평창올림픽 조직위원회에서 일했던 후배이자 제자인 친구 조언으로 이곳에 오게 되었네요.

생각하는 것만으로도 가슴이 뛰는 광활한 초원사막의 몽골은 몽골대로 좋지만, 우리나라 안에서도 이렇게 쾌적한 여름을 보낼 수 있으니 참 좋습니다. 하지만 이곳도 온난화의 영향에서 자유롭지 않다니 10~20년쯤 후에는 북한 땅에서 여름을 날 수 있기를 빌어야 할지도 모르겠습니다.

통일을 바라야 할, 지극히 개인적인 이유가 하나 생겼습니다!

이틀 만에, 현지인

대관령에 온 지 이틀 만에 '거의 현지인'이 되었습니다. 물론 자칭입니다. 마트 2곳의 위치도 파악했고, 장도 봤고, 주유소 가격도 비교했고, 차 세차장 예약도 했고, 처리 못 해 들고 온 세탁물도 이곳 세탁소에 맡겼습니다. 강원도 출신이신 주인장 부부와 수다를 좀 떨면서 맛있는 중국집 정보도 얻었습니다. 빵을 직접 굽는 브런치 카페는 이미 알고 있고, 전문 베이커리는 아니지만 딸기시럽 쿠키를 굽는 플라워카페도 알았고, 분위기 좋은 카페들도 가봤거나 가볼 예정이니 당분간 사는 데는 문제없을 겁니다.

내가 처음 만나는 사람과 이야기를 나누는 것을 보는 지인들은 원래 알던 분이냐고 묻곤 하는데, 타고난 건지 길러진 건지 모를 나름의 친화력으로 낯선 이곳에서도 잘 지낼 수 있을 것이라는 아무 근거 없는 믿음을 다시 끄집어 내봅니다.

'모든 현지인은 나의 가이드'라는 것이 여행자로서 내가 가진 믿음입니다. 그래서 모든 현지인은 나를 도와줘야 할 의무가 있고 여행지에서 만나는 그 누군가도 아직(!) 내가 모르는, 내게 좋은 일을 해줄지도 모르는 사람일 뿐이라고 혼자서 우겨보기도 합니다. 다만 물론 과학적 근거는 별로 없습니다. 근거 없는 믿음. 그러나 그간의 경험은 내게 그 믿음을 버릴 이유가 없다고 말해줍니다. 여행지에서 잠깐씩 스쳤던 인연 중에 내가 지금도 가끔 떠올리며 감사해하는 인연이 차고 넘치기 때문입니다.

스페인 마드리드 지하철에서 엄청 두툼한 역사책을 읽으시던 선한 미소의 고운 할머니도 그중 한 분입니다. 사실 그분과는 내가 망설이는 통에 눈길만 주고받았을 뿐이었지만 나는 우리가 '소통했다' 믿고 있고 나의 미래를 떠올릴 때마다 그분 모습을 떠올리게 됩니다.

이번에도 이곳에 도착하자마자 대관령 출신의 '인싸' 한 분을 만나는 행운이 찾아왔습니다. 이곳에서 나서 자라셨고 살아온 궤적으로 봐서는 젊은 시절에는 스칠 인연조차 없었던 분을 지금 이곳 대관령, '노기하우스(가수 전영록 씨의 애칭을 딴 이름. 그분 미니 박물관도 있습니다.)'라는 라이브 카페의 대표로 마주쳤네요. 대관령 양떼목장 입구에 있던 카페 '바람의언덕'을 꽤 오래 운영하셨던 작곡가 강명중 님. 본인 말로는 '언더'라 하시는데 내가 아는 많은 가수분들과 친분이 두터우신 것 같았습니다. 대관령 가요제를 만드는 것이 남은 꿈이라 하시는 재밌고 멋진 분이셨습니다.

참, 오대산(이곳에선 오대산이 동네 산입니다.) 입구에서 주문진을 거쳐 강릉으로 가는 숨은 드라이브 코스도 소개받았어요. 조만간 강릉을 다녀올 생각인데 어쩔 수 없이 가끔 쓰지만 아직 친해지지 못한 내비게이션에 의존하지 않고 다녀올 수 있게 되어 참 좋습니다.

돈으로 살 수 없는 것들

볕이 순해지는 시간. 누군가 이렇게 말했습니다. 느낌으로 금방 알 수 있었습니다. 지금 이 글을 쓰는 때쯤이라는 것을. 계절마다 다르겠지만 여름이라면 아마 오후 5시 30분쯤 아닐까요? 전국이 폭염으로 펄펄 끓고 있다는 이때, 풍광 좋은 곳에서 초여름 같은 산들바람을 맞으며 이런 글을 쓰는 호사라니요.

누군가는 1~2주일 여행하고 책 한 권도 쓰던데 그런 일까지는 하고 싶지 않습니다. 대단한 계획을 세워 그것으로 인해 나의 이 평온한 일상, 이 호사스러운 생활이 번거로워질까, 그것이 싫기도 하고 지금 이 순간 이 공간을 온전히 누리고 싶다는 마음이 훨씬 더 큽니다.(앗, 그런데 어쩌다 보니 이 글을 엮고 있네요.) 무엇보다 나는 이 맑고 순한 햇볕과 가벼운 바람, 초록이 전하는 좋은 기운을 알려줄 방법을 모르겠습니다. 그것은 각자 스스로 직접 누려야 하는 것이겠지요. 누구도 대신해줄 수 있는 것이 아닐 겁니다.

어디서든 최소한의 증명사진만을 찍는 나는 사진을 찍지 않는 이유에 대해 나름 개똥철학을 가진 사람이니, 사진을 찍어 올리는 욕구도 순연히 접고 우선은 지금 이곳의 삶을 온전히 사는 것에 집중하고자 합니다.

암튼 겨우 자동차로 몇 시간 이동해왔을 뿐인데 맑고 환한 6월이 연장된 느낌의 시공간. 돈만 있다고 누릴 수 있는 호사가 아니라서 더 귀하게 느껴집니다. 그런데 이런 호사를 내 것으로 누릴 결심을 하게 된 것에는 앞서 말한 건강문제가 중요한 역할을 했습니다.

나이와 건강. 이 두 가지는 가끔 우리가 평소에는 보지 못했을 뭔가를 선명하게 보여주는 것 같습니다. 워낙 썩 건강 체질은 아니었으나 건강을 잘 챙기지 못했고, 결국 건강이 급격히 무너진 후 변한 삶의 태도가 분명 있습니다. 하고 싶은 일은 지금 하기! (해야 하는 일 아니고 하고 싶은 일입니다.)

물론 여행자로서 이미 배웠던 덕목입니다. 작은 삶으로서의 여행. 상대적으로 짧고 시작과 끝이 분명한 여행은 하고 싶은 것을 오늘, 지금 하지 않으면 다시 기회가 없을지도 모른다는 것을 늘 알려주지만 정주자로 살며 또 잊고 있었네요. 그것을 몸이 다시 일깨워줍니다.

그러고 보면 건강을 잃은 것은 안타까운 일이나 그로 인해 얻은 것이 있습니다. 어느 때인가부터 모종의 깨달음으로 입에 달고 사는 말 중 하나가 "이 세상에 좋기만 한 일도, 나쁘기만 한 일도 없다"입니다. 사회학이 전공이라 그런지 뭔가를 단정지어 말하는 일이 부담스럽지만 이것은 거의 진리라고 생각하는데 역시 그렇습니다!

몸이 고장 나며 많은 것을 포기해야 했지만(무엇보다 일을 절반밖에 할 수 없게 된 상황을 받아들여야만 했습니다.) 잊고 살았던 많은 것들이 다시 눈앞에 불려 나왔습니다. 내가 아주 건강한 체질이었다면 아마도 일흔 정도 돼서 알게 되었을 만한 것들을 말입니다. 얼마나 감사한 일인지요. 그 덕에 지금 이 순간, 한여름에 초여름을 누리고 있으니 말입니다.

나로 사는 것

세상엔 말 잘하고 글 잘 쓰는 사람들이 차고 넘칩니다. 내 심경을 어쩌면 나 자신보다 훨씬 더 잘 대변해주는 숱한 작가들을 보면서 나는 무엇을 말하고 쓸 수 있는지, 그것이 무슨 의미가 있는지 무력감에 빠지곤 합니다. 그런 마음을 담아 내가 예전에 썼던 짧은 글을 옮겨 놓습니다.

시인을 질투했습니다.
작가를 연민했습니다.
누구보다 먼저 느끼고 깊이 느끼는
그들을 한없이 부러워했고
너무 많이 아파 끊임없이 울어야 하는 그들을
한없이 안쓰러워했습니다.

그런데

시인은 아니지만, 작가는 못 되었지만
온몸으로 살아내야 하는 이 시대가
아프지 않다면 그것 또한
통각장애를 의심해야 하는 것 아닐까요?

지금 많이 아픈가요?
그렇다면 한편 기뻐할 일입니다.
그 힘겨움과 고통은,
삶에 대한 사랑의 다른 이름일 것이기 때문입니다.
충분히 아파하고 충분히 앓아내서서
그 힘으로, 그 힘으로
기어이 오고야 마는 새봄을 맞으시길 빕니다.

_〈아파야 맞을 수 있는 봄입니다〉 경북대 교수회회보 201203

나는 내가 말을 하고, 글을 쓰는 것에 대해 단 하나의 이유밖에 알지 못합니다. '나의 이야기'가 있기 때문입니다. 그것이 게으르고, 또 게으른 내가 말을 하고 글을 쓰고 싶어 하는 유일한 합리적 이유일 겁니다. 아니라면 도대체 무슨 말과 글을 이 세상에 덧붙일 이유가 있을까요?

뻥튀기를 좀 하자면 '나'로 살지 않는다면 아마 내가 살아야 할 이유 또한 없을지도 모르겠습니다. 가족과 조직의 구성원으로, 한 나라의 국민으로, 그런 것만으로는 더 이상 자신의 존재 이유를 충분히 발견할 수 없게 된 것이 근대인의 숙명이라면 나 또한 그로부터 자유롭지 못합니다. 하고 싶은 '나의 이야기'가 없다면, 나만이 할 수 있는 이야기가 없다면, 나는 아마 학생들 앞에도 설 수 없을 것입니다. 세상에는 유능한 강의자들이 넘쳐나니 말입니다. 그러므로 내가 말을 하고 글을 쓴다는 것은 실존을 넘어 생존의 도구라고 말할 수밖에 없습니다. 그리고 그것이 내가 할 수 있는 단 하나의 일입니다. 나로 사는 것.

　여기에 대해서도 이미 참 좋은 글들이 많지요. 파커 J. 파머가 쓴 책에서 한 가지만 옮겨 놓습니다.

　　랍비 수시야는 죽기 전에 다음과 같이 말했다. 내세에 내가 듣게 될 질문은 '너는 왜 모세처럼 살지 않았는가'가 아니다. '너는 왜 수시야로서 살지 않았는가'일 것이다.

　　　　　　　　　　　_ P.108 《모든 것의 가장자리에서》(글항아리, 2018)

　이것이 지금 내가 글을 쓰고 있는, 쓸 수 있는 단 하나의 이유입니다.

여행, 살려고 한다

소설가 김영하가 《여행의 이유》라는 제목의 산문집을 냈습니다. 물론 책 내용이 그 이유를 한 문장으로 정리하기 위한 것이 아님은 분명하지만 내게도 여행의 이유가 있긴 합니다. 가장 큰 이유는 거창하게 말하자면 살기 위해서입니다.

나는 살기 위해 여행을 합니다. 하루여행, 일상여행, 별말을 다 만들어 내면서 엄습해오는 삶의 무력감과 싸우는 중입니다.

이렇게 말하면 좀 비장해 보이나요? 나를 좀 안다고 생각하는 사람들은 거짓말이라고 할 것 같습니다. 삶의 에너지로 넘쳐 보이는 사람이 무력감은 무슨, 하면서 말이죠. 그러나 거의 누구나 보기와 다른 점들이 있는 법. 내가 가지고 있는 삶의 긍정적 기운, 딱 그만큼 내 삶을 힘들게 하는 무력증 같은 것이 내 안에 같이 삽니다. 매일 아침, 경직된 몸을 확인하며 눈을 뜨는 일은 매일 '작은 죽음'을 경험하는 일 비슷하게 느껴집니다.

내면이 충분히 단단한 사람이라면 삶의 자리에서 항상심을 유지하며 이런 상황을 건강하게 잘 살아낼 수 있겠지요. 그런데 나는 전형적인 외강내유外剛內柔형 인간이라, 겉보기만 멀쩡해 보이는 쪽에 가깝습니다. 환경 탓을 하기 전에 스스로 환경에 영향을 덜 받는 상태에 놓이도록 노력하는 것이 우선일 것이나, 그것이 쉽지는 않습니다. 잘되지 않는 일을 너무 애써 하다 자괴감에 빠지지 않으려는 노력까지 해야 하니 이중고에 빠질 위험도 상존합니다. 부처님은 앉은 자리에서 성불하셨다지만 나는 일상 중에 늘 침몰하는 기분입니다.

그런데 내가 나에 대해 알아낸 것 하나는 다행히 내게 새로운 것에 대한 끊임없는 호기심이 있고, 걷기를 좋아한다는 겁니다. 여행하는 중에야 나는 겨우 살 만해집니다. 새로운 기운이 나를 붙들어주는 것 같습니다. 나만 그런 것은 아닌가 봅니다. 병원 구내식당에서 우연히 같이 식사를 하게 된 아주머니 한 분이 그러시더군요. 여행만 가면 아프지 않다고.

내가 좋아하는 독일어 문장 중 하나인 '만 졸 에트바스 구테스 드라우스 툰Man soll etwas gutes draus tun', 현재의 상황으로부터 뭔가 좋은 것을 해야 한다는 뜻입니다. 이 문장이 처한 상황을 있는 그대로 인정해야 한다고 말하는 것도, 대단한 일이 아니라도 그저 '뭐라도 좋은 것(etwas gutes)'을 해야 한다고 말하는 것도 좋습니다. 막힌 길 앞에 설 때마다 이 말을 되새깁니다.

'그래, 뭐라도 하자, 상황은 주어진 것이고, 여기에서 할 수 있는 뭔가, 아주 작은 것이라도, 좋은 일을 하자. 내가 할 수 없는 것 말고, 내가 할 수 있는 뭔가 좋은 일.'

학생들에게도 그런 일을 같이 하자 권합니다. 그 프로젝트의 이름은 '티끌'입니다.

나는 흐리거나 눈 비 오는 날에는 어두운 색 옷을 입지 않습니다. 그러면 몸도 마음도 더 가라앉기 때문입니다. 밝은 색 옷을 입으면 기분이 그나마 좀 나아집니다. 옷에 대해 관심이 많은 내가 학교 선생인 것을 알게 되는 분들 중에 사회학과 선생이 아니고 의류학과 선생이 아니냐고 농을 하시는 경우들이 있습니다.(그렇잖아도 의류 관련한 일도 해 보고 싶습니다. 시니어모델이나 패션 인스타그램이나 편집샵 운영 등이 일단 머릿속에 떠오릅니다.)

또 몸과 맘이 축 처지는 날엔 일부러 식사 약속을 잡기도 합니다. 일단 나가야 하니까요. 며칠 시간을 내 어디 여행을 갈 수도 없는 상황에서 몸과 마음이 너무 힘들면, 하루여행이라는 말과 함께 정처 없이 걷거나 사찰이나 성당 구경, 새로운 동네나 카페 구경을 즐겨 합니다. 그 공간과 그곳 사람들 삶을 구경하느라 정신이 팔려 또 하루를 살아낼 수 있으니까요.

그리고 나는 "인생이 다 거기서 거기지, 사는 게 다 그렇지 뭐. 의미는 무슨, 죽지 못해 사는 거지……"라고 말하는 사람들을 만나지 않으려고 무진 애를 씁니다. 그런 사람이 내 영혼까지 갉아먹는 것 같아 힘이 듭니다.

여행, 나는 살려고 합니다. 육체와 정신을 보호하려는 몸부림 같은 겁니다. 여행은 "영혼의 비상식량"이라는 정여울 작가의 말처럼 여행 중인 나는 비상식량을 챙겨 잘 살아보려고 애쓰는 중인 겁니다. 그러니 내게 여행은 생존권 비슷한 겁니다.

사진 찍기, 탕진의 시간

　남는 것은 사진뿐. 들을 때마다 불편했던 말 중 하나입니다. 사실 나도 한때는 사진을 조금 찍었습니다. 하지만 독일 유학 시작할 때 챙겼던 필름 카메라 24롤을 억지로 채워서 인화했던 것이 마지막 기억입니다. 물론 가끔씩 남들이 찍은 사진을 받기도 했으니 당시 사진이 전혀 없는 것은 아닙니다만, 내가 직접 적극적으로 사진 찍기는 오래전에 그만뒀습니다.

　이유 중 하나는 찍은 사진을 정리할 시간도, 찍었던 사진을 다시 볼 시간도 없다는 것이었지요. 풍경사진 같은 경우 내 재주로 그때 그 시간과 느낌을 담을 수 없다는 깨달음도 한몫했습니다. 물론 탄성을 불러일으키는 놀라운 풍경사진이 많지요. 그런 것은 전시장에서 보거나, 엽서를 사거나, 인터넷에서 보면 됩니다.

　이런저런 이유로 사진 찍기를 그만둔 이후로 놀랍게도 새로운 느낌이 찾아왔습니다. 내가 특정 시공간에 '있음'과 그 '느낌'의 일회성에 대한 자각이 훨씬 선명해졌고, 그때 그 자리에 '온전히 있기' 위해 노력하게 되었습니다. 경험의 밀도가 높아졌다고나 할까요.

사진 찍기를 그만두니 사진 찍는 사람들이 눈에 들어왔습니다. 특히 관광지에서 많은 사람들이 똑같은 자리에서 똑같은 자세로 사진들을 팡팡 찍고 휙 돌아서 가는 풍경을 쉽게 봅니다. 디지털 카메라, 특히 폰 카메라가 일상화된 이후로 사진 찍는 행위의 빈도는 가히 폭발적으로 증가했습니다. 가끔 사람들이 어딘가를 가는 이유가 사진을 찍고 그 사진을 어딘가에 올리기 위해서가 아닐까, 의심될 정도입니다.

최근에 본 광경은 압권이었습니다. 6살 정도 되어 보이는 여자아이와 그보다 어린 남자아이를 데리고 온 여성이 한 풍광 좋은 카페에 들어섭니다. 총 30분 정도 그곳에 머물렀을까요? 마침 그 카페에는 손님이 거의 없었는데 당시 그분이 찍은 사진의 숫자는 최소 수백 장에 달하지 싶습니다. 그중 아이들 사진은 글쎄요, 십분의 일? 나머지는 다 본인 사진인데 대다수는 여자아이가 찍었습니다. 엄마는 요리조리, 이 자리 저 자리에서 포즈를 취하고 아이는 아주 능숙하게 사진을 '파바박' 찍습니다. 한두 번 해 본 솜씨가 아닙니다. 거의 프로 사진사 수준이더군요. 한참을 그러고는 잠시 앉아 음료와 케이크를 먹더니 일어서 나갑니다. 물론 먹고 마신 시간보다 사진 찍는 시간이 더 길었습니다.

내가 지금 본 것이 뭐지? 눈을 의심했습니다. 그분 직업이 패션 블로거인지는 모르겠으나 그분만 그런 것은 아닌 듯합니다. SNS에는 내가 언제 어디에 가서 무엇을 했는지를 증명하는 사진들이 넘쳐납니다. 헤아릴 수 없는 사진을 찍었을 테고, 다시 그 사진들을 정리했을 테고, 때에 따라 '뽀샵'도 해야 했을 테고, 투자된 시간이 만만치 않을 겁니다. 요즘은 브이로그(비디오+블로그)도 일상적이라는데 이 와중에 나의 사진 안 찍기는 점점 더 고집이 되어가고 있습니다.

만리장성에서도, 에펠탑 앞에서도, 크렘린 궁에서도 사진, 안 찍었습니다. 사진 안 찍기가 습관이 되다 보니 가끔 기록이 필요한 자리에서의 증명사진이나 기념사진 같은 것도 깜박깜박합니다.

오늘도 사람들이 묻습니다.

"아니 왜 사진을 안 찍습니까? 남는 건 사진뿐인데……."

어떤 사람들은 저를 보고 암튼 좀 별나다며 다른 사람들처럼 평범하게 살라고 진지하게 조언하기도 합니다. 그래도 꿋꿋이 버티는 중입니다. 나름의 합리적 변명이 필요한 순간입니다. 마침 나와 마음이 딱 통하는 시인의 글을 만났습니다. 역시 작가입니다. 어쩜 그리 내 맘을 잘 읽고 선명하게 표현해 놓았는지요. 이규리

시인에 의하면, 사람들은 폰 카메라로 언제 어디서건 사진을 찍으며 그때 그 시간과 공간의 미세한 기미를 놓치고 결과적으로 탕진합니다.

남는 건 사진밖에 없다는 말은 옳지 않다. 사진밖에 무엇도 남지 않게 된다. 지나가는 현상일 뿐인 허상에 무위를 의지한다. 그때 놓친 미세한 기미는 우리가 잡아야 할 진실이었을 것이다. 그 놓침이 탕진이다.

_P.216 《돌려주시지 않아도 됩니다》(난다, 2019)

세상의 변화를 아주 모른 척할 수는 없겠지만 나는 앞으로도 당분간은 최소한의 필요한 사진만 찍으려 합니다. '얻는 것이 있으면 잃는 것도 있는 법.' 나는 매 순간의 일회성, 매 순간의 완결성에 대한 자각을 포기할 수 없습니다. 그것을 위해서라면 사진 찍기, 포기하겠습니다!

그래도 사람들은 집요하게 묻습니다. 나중에 어디를 다녀왔는지 무엇을 했는지, 기억이 나지 않으면 어떡하냐고. 세월의 흐름에 따라 기억이 바래는 것은 자연스럽고 당연한 일 아닌가요? 바랜 기억의 애틋함, 가끔은 흘러가니까 더 아름다운 법입니다.

너와 함께한 날, 모두가 좋았다

열 명 중 여덟 명 정도는 맑은 날씨를 더 좋아하지 않을까 싶습니다. 비 오는 날을 더 좋아하는 사람도 있겠지만요.

나는 좀 극단적으로 날씨를 타는 편입니다. 독일 유학 시절, 춥고 습하고 긴 겨울을 살아내면서 날씨에 대한 민감성이 몹시 증가한 듯합니다. 겨울이면 동지를 기다리며 살았습니다. 동지가 지나면 해가 다시 길어진다는 희망을 품을 수 있으니까요. 맑은 날에는 좀 살 만하고, 비 오는 날엔 몸과 맘이 땅으로 꺼집니다. 체질 탓을 할 수도, 건강 상태 탓을 할 수도 있습니다. 마음이 먼저인지, 몸이 먼저인지 알 수 없으나 비 오는 날, 사는 데 힘이 드는 것은 사실입니다.

희한하게도 여행 중에는 이런 증상이 상당히 완화되는 경험을 하곤 합니다. 드라마 〈도깨비〉에 나왔던 유명한 대사 같은 마음이 됩니다.

너와 함께한 모든 시간들이 눈부셨다.

날이 좋아서, 날이 좋지 않아서, 날이 적당해서

모든 날이 좋았다.

맑으면 맑아서 좋고, 흐리면 흐려서 좋고, 비 오면 비가 와서 좋고, 바람 불면 바람 불어 좋은. 대체 무슨 마술이란 말인가요, 나는 꾀병 환자일까요?

〈도깨비〉 대사에 이미 단서가 들어 있습니다. 모든 날이 좋은 날들이었던 것은 '너와 함께'였기 때문이었던 것이죠. 객관적 날씨야 바꿀 수 없겠지만 주관적 경험이야 언제 어디서 누구와 함께 무엇을 하는가에 따라 달라질 수 있을 테니까요. 험한 날씨로 독일보다 더 유명한 영국의 속담 중 '나쁜 날씨란 없다. 부적절한 복장이 있을 뿐(There is no bad weather, only bad clothing.)'이라는 말 또한 날씨를 대하는 태도에 대해 생각하게 하는 바가 있습니다.

여행자는 보통 날씨 탓을 할 만큼 넉넉한 시간을 갖고 있지 않습니다. 날씨를 골라 여행을 하는 것도 어렵습니다. 여행 중 날씨가 계속 맑음이라면 더할 나위 없이 좋겠으나, 그런 행운을 매번 누리기는 어렵지요. 그러니 여행자가 날씨 탓을 하며 귀한 여행을 망칠 수는 없지 않을까요? 나쁜 날씨에도 불구하고 '좋은 여행'을 하기 위해 노력하지 않을 수 없습니다.

그러니 더 중요한 것은 여행자의 마음가짐이지 않을까 합니다. 여행자는 기본적으로 관찰자이고, 이방인입니다. 나와 세상에 열려있을 수 있는 최적의 상태가 되는 셈입니다. '나에게 다가오는 모든 것과 기꺼이 함께'라는 마음 상태가 되는 거지요. 아마 그래서 여행자들은 날씨가 맑으면 맑아서 좋았고, 흐리면 흐려서 좋았고, 비 오면 비가 와서 좋았고, 바람 불면 바람 불어 좋았다는 기억을 갖고 여행을 마치게 되는 것이 아닐까 합니다.

비가 오면 꼼짝도 하지 않으려는 나도 여행길에 서면 좀 달라집니다. 비를 쫄딱 맞아도, 종일 바람을 맞아도, 그것조차 기쁨이고 추억이 되는 신기한 경험을 하게 됩니다.

여행이 '작은 삶'이라면 일상이라는 '큰 삶'도 여행자의 마음으로 살아갈 수 있기를 바라봅니다. 삶의 날씨가 문제가 될 리 없는 날들을요.

나의 역사 깊은, 정주형 여행

배낭여행은 꿈도 안 꿨습니다. 무거운 등짐을 지고 이리저리 옮겨 다닌다는 것은 어휴, 생각한 적도 없습니다. 다른 것은 다 접어두더라도 체력적으로 가능하지 않은 일이었습니다. 거의 선천적 야행성이라고 주장하는 인간이지만 정작 놀면서도 밤은 한 번도 새 본 적 없는 저질 체력으로는 무리지요.

여행 중에도 여러 곳을 후루룩 훑고 지나가며 전리품 쌓듯이 여행지 숫자를 늘리는 것보다 한 곳에 머무르면서 그곳의 속살을 들여다보는 일에 훨씬 더 마음이 갔습니다. 가능한 대로 한 도시에 적어도 일주일에서 한 달 정도 머무르는 방식의 여행을 선호하게 되었고, 이런 나의 여행법에 '정주형定住形 여행'이라는 나름의 이름을 붙이게 되었습니다. 서구에서야 머무르는 여행이 흔한 일이고, 우리나라에서도 '제주도 한 달 살기' 등이 회자된 지 좀 되었지만 나의 정주형 여행은 우리나라에서의 유행보다는 역사가 깊습니다.

내가 생각하는 정주형 여행의 가장 큰 장점은 뭐니 뭐니 해도 조금은 천천히, 여유롭게 여행 장소에서 일상을 살 수 있다는 것입니다. 그곳의 아침과 저녁, 맑은 날과 비 오는 날, 평일과 주말, 행사와 축제 등을 두루 경험하며 여행지에서 '사는' 느낌을 얻을 수 있지요. 물론 그럼에도 경험의 한계가 있겠지만 관광지들을 찍고 지나가는 여행보다야 분명 훨씬 더 깊고 다채로운 경험을 하게 됩니다.

경험의 중심에는 자연스레 그곳에 사는 사람들이 있습니다. 사람살이 구경만큼 흥미진진한 것도 흔치 않은 것 같습니다. 최근 '사람책(human library)'이라는 말을 많이 쓰는데 처음 들을 때 참 좋은 표현이다, 누가 이런 좋은 말을, 싶었습니다. 모든 인생은 한 권의 책, 그렇습니다!

나는 이곳에 와서 벌써 꽤 여러 권의 '사람책'을 읽었습니다. 오자마자 만난 첫 이웃 노기하우스 대표님과 그 집 식구들은 물론이고 어느 비 오던 오후, 시골살이와 가족살이의 즐거움과 어려움에 대해 오랜 대화를 나누었던 한 카페의 주인장, 빵은 물론 프랑스식 햄까지 직접 만들어 음식을 내던 낙타를 닮은 강릉 젊은이, 나고 자란 봉평을 더 살기 좋은 곳으로 만들기 위해 부지런한 꿈을 꾸는 부부까지.

어쩌다 보니 마치 사람책 채집 중인 것 같긴 한데 모두 머무르는 여행을 통해 얻을 수 있었던 고마운 인연입니다.

점점 현지인으로 변신해가는 나는 급기야 여기서 라인 댄스반에 등록까지 했습니다. 몸으로 자신을 표현하는 법을 배우지 못한 것을 늘 아쉬워하는 내게 춤 배우기도 버킷리스트에 들어 있기는 하지만 시간을 핑계로 미루기만 하던 일이었는데 우연히 카페를 겸한 펜션에 들렀다가 그 집 안주인께서 댄스 수업을 하신다는 것을 알게 되었거든요. 물론 나 같은 초보자를 위한 반이 따로 있는 것은 아니지만 받아주신다니 냉큼 들어갔습니다.

오늘은 어쩌다 두 차례 댄스 수업에 참여했으니 나의 하루 일과는 아침 운동, 간단한 점심, 오후 카페 야외 테라스에서의 긴 독서, 한의원, 간식, 저녁 운동으로 이어졌네요.

내일은 여행자로서의 신분을 다시 자각하고 근처 봉평이나 정선으로 하루여행을 다녀올 생각입니다. 이 또한 정주형 여행자로서 내가 아주 선호하는 방식인데 한 곳에 짐을 풀고 살면서 근처를 짐 없이 가볍게 여행하고 돌아오는 거지요. 이곳 대관령에서는 진부가 15분, 강릉은 30분, 봉평과 정선 등은 1시간 거리 정도이고 속초, 양양, 인제 등도 맘만 먹으면 하루에 다녀올 수 있습니다. 이번 두 달 여행에서 내 목표 중 하나는 가능한 한 강원도를 떠나지 않고 강원도 구석구석을 국도로 다녀보는 것입니다.(국도를 고집하는 이유는 '여행의 속도'라는 글 꼭지에서 얘기해 보겠습니다.)

이전에 강원도라는 지역은 내게 별 특별한 느낌을 주지 못하는 곳이었습니다. 소중한 사람의 고향이긴 하나 그 자신이 어려서 이곳을 떠났고 스스로 '경기강원도' 출신이라 주장하는 사람이라, 강원도 사람이라는 정체성이 희박하지요. 유명한 산과 절, 해수욕장과 스키장이 많은 것은 알지만 겨울이 춥고 길어 수족냉증 환자인 '내게는 너무 먼(나이 들어가며 더 멀어진) 당신'이었던 곳이기도 합니다.

그렇게 내게 하나의 지리적 공간(space)에 불과했던 강원도는 지금은 내게 추억이 담긴 하나의 장소(place)가 되었습니다. 물리적인 실체를 넘어 개인적인 의미로 다가오고 있는 것이죠. 정주형 여행은 그렇게 '공간'을 '장소'로 바꾸어주는 힘이 있습니다.

이제 언제 어디서든 강원도 이야기를 듣게 될 때의 나의 태도는 이전과는 다를 겁니다. 내가 자박자박 걸어 다녔던 동네이고, 즐거웠고 힘들었고, 웃고 울었던 곳이니까요. 내가 잠시나마 '살았던' 곳이니까요. 내 삶의 이야기책 일부가 이곳으로부터 비롯되었으니까요.

꼬리에 꼬리를 무는, 기생형 여행

2019~2020년 각종 국제영화제를 휩쓴 봉준호 감독의 영화 때문에 때아니게 기생충寄生蟲이 아주 유명해졌지만 나는 '기생寄生한다'는 말을 아주 좋아합니다. 보통 좋은 의미로 사용되는 말은 아니지만, 나는 늘 내가 세상 모든 것들에 기대어 겨우 근근이 살고 있다고 생각하기 때문에 특별한 가치적 의미도 담지 않는 사실 기술형으로써 기생한다는 말을 긍정합니다.

여행길에서도 나는 많은 이들의 도움으로 살아남(았)습니다. 일단 나는 매우 게으른 여행자입니다. 준비를 철저히 해야지, 하고 생각하는 분들이 보기에는 걱정스럽고 못마땅할 정도로요. 나도 한때는 준비를 잘 하려고 애썼습니다. 그런데 고질적인 게으름과 시간 부족이 결합하면서 자연스레 점점 게으른 여행자가 되어갔죠. 그러면서 나는 또 다른 여행생존법을 찾았습니다. 현장에 초집중하는 겁니다. 내 경험으로 미루어볼 때 현장은 여전히 힘이 셉니다. 우리가 실제로 여행을 떠나야 하는 또 하나의 이유이기도 하지요.

　나는 여행을 떠나는 순간부터 평소와는 사뭇 다르게 아주 부지런해집니다. 모든 감각을 동원해서 가능한 한 많고 다양한 현장 정보를 빠른 시간 안에 흡수하기 위해 노력하지요. 그리고 만나는 모든 사람으로부터 최소 하나의 새로운 정보를 얻고자 애씁니다. 지도를 얻기 위해 관광안내소에 갔다면 그분께 관광지도에 나오지 않는 현지 정보를 하나라도 얻어서 나오는 식이지요. 언급한 적 있듯이 이때의 모토는 '모든 현지인은 나의 가이드'라는 겁니다. 그리고 또 하나의 원칙 비슷한 것이 있다면 한 사람만 집중해서 괴롭히지 않는다는 것입니다. 그분들의 일상을 침해하면 안 되기에. 그렇게 하다 보면 연결, 연결의 힘이 생깁니다.

　지금, 여기 대관령에서 지내면서의 예를 하나 들어보지요. 봉평으로 떠날 때 내 머릿속에 있는 정보는 봉평 = 메밀 = 소설 '메밀꽃 필 무렵' = 이효석문학관 정도가 다였습니다. 가는 길부터 문제였지요. 내 내비게이션은 고속도로를 너무 좋아하는데 나는 고속도로를 탈 생각이 없고, 설정을 변경하는 방법도 모르니까요. 자, 그럼 이제 시작해 보겠습니다.

　택배 아저씨가 보입니다. 길을 물어보기에 딱인 분입니다. 그분으로부터 국도로 봉평 가는 방법을 아주 빠른 시간 안에 알아냈습니다. 내비게이션은 참고용으로 작동만 시켜놓으면 됩니다. 무음으로. 그렇게 무사히 봉평에 도착. 일단 읍내를 한 바퀴 살살 돌아보면 대충 어디가 어딘지 감이 잡힙니다. 보통 읍면사무소, 우체국, 농협, 관광안내소, 교회 등이 있는 곳이 중심지이지요.

관광안내소는 보이지 않아 먼저 보이는 면사무소 방문. 봉평 지도를 '획득'했습니다. 지도만 앞뒤로 잘 살펴봐도 많은 정보를 건질 수 있습니다.(방향 감각은 없지만 말입니다.) 다음은 문화관광 담당 직원분을 찾아, 봉평에서 잘 먹고 잘 살기 위한 현지인 시각의 조언 획득. 평창군에 대해 궁금했던 부분도 물어볼 수 있었던 유익한 시간이었네요.

그러고 나서 일단 소개받은 근처 천연발효빵집 방문. 그곳에서도 몇 가지 정보를 얻었는데 면사무소 직원분의 조언과 크로스 체킹 완료! 자, 이제 이곳에 온 최소한의 목적을 달성하기 위해 이효석문학관과 부속 시설을 방문할 시간입니다.

봉평에 대한 기본 오프라인 정보를 입력하고 나니 이제 관련 인터넷 정보도 좀 더 분별력 있게 파악할 수 있습니다. 그 결과로 봉평 근처에서 꼭 가봐야 하는 브런치 카페(꼬로베이) 확인. 폐교를 고쳐 만든 문화예술공간인 '평창무이예술관'을 거쳐 카페 도착. 휘닉스 파크 근처라 우선 그 근처 공간 탐색. 평면적이고 사진만 많은 인터넷으로 알아낸 정보보다 훨씬 더 풍부한 의미를 갖고 있던 공간. 꽤 유명한 곳인 듯한데 평일 오후 5시 무렵이라 그런지 다행히 주인장들과 접속 성공. 이제 차분히 이곳의 이야기를 들어볼 시간입니다.

이렇게 해서 알게 된 사람책은 바로 '꼬로베이'입니다. 이름 자체가 무척 인상적이었는데 골짜기라는 뜻의 봉평 말을 살짝 프랑스어 식으로 적으셔서 처음에는 프랑스어인 줄 알았네요.

브런치 재료인 채소도 기르고, 빵도 잼도 직접 만드는 반듯한 부부. 이 지역 토박이인 부부는 많이 바쁘고 피곤해 보였지만 본인들이 봉평을 위해 할 수 있는 일이 있을 것이라는 생각으로 또 한 발을 내디딜 준비를 하고 있었습니다. 지역 농산물을 활용한 협동조합이나 사회적 기업 같은 것을 고민하는 듯했고요.

어떤 공적인 직무를 맡고 있는 분들도 아니건만 본인들이 나고 자란 지역에서 그 지역을 사랑하는 마음으로 보다 좋은 일을 하기 위해 노력하는 마음이 참 보기 좋았습니다. 그분들이 초심을 잃지 않으시길 조용히 빌어봅니다. 나를 위해, 봉평을 위해, 나라를 위해 말이죠.

나는 아무것도 보탠 것 없이 오늘 또 '선한 기운'을 얻어 왔습니다. 그리고 평창읍을 가봐야 하는 이유도 꼬로베이에서 하나 챙겨왔습니다. 기생여행의 장점입니다. 스스로 꼬리에 꼬리를 무는 일정이 생깁니다!

3무여행, 삶의 격려 당겨 받기

나는 3무無여행을 한다, 말하곤 합니다. 모바일폰, 사진기, 가이드북 없는 여행을 말하는 것인데 무슨 대단한 원칙이 있었다기보다는 상당 부분은 게으름 때문이고 나중에 '3무여행'이라는 그럴듯한 이름을 붙인 셈입니다. 거의 모든 것이 폰에 통합되어버린 요즘은 스마트폰만 없으면 될 것 같기도 합니다만, 설명은 좀 필요할 듯하네요.

나는 여행의 가장 중요한 요소 중 하나가 '일상으로부터의 단절'이라고 생각합니다. 공간의 이동이 어느 정도 기본 조건을 만들어주긴 하나, 일상과 계속 연결된 상태로 있는 것이 가능해진 오늘에는 노력하지 않으면 공간 '만' 이동한 상태에 있기 일쑤이지요. 평소에도 폰을 그리 애정하는 사람은 아니지만 여행지에서는 특히 최소한의 연결 상태만을 유지하려고 애쓰는 편입니다. 다른 사람들에게 약간의 불편을 줄 수 있겠고(그러니 필요하다면 주변에

미리 '광고'를 하는 것도 좋겠습니다.) 미연결 상태에 있어 내가 손해를 보는 부분이 있을 수도 있습니다. 그러나 그럴만한 가치가 있다고 느낍니다.

사실 나는 평소에도 연결이 아주 잘되는 인간은 아닙니다. 하루 중에도 일정시간 외에는 폰을 가까이하지 않아 사람들을 답답하게 만드는 쪽에 가깝지요. 다행히 나는 사업이나 정치를 하는 사람이 아니어서 어찌어찌 생존하고 있습니다. 그러려면 폰을 왜 가지고 다니느냐는 핀잔을 받기도 하는데 내가 필요할 때가 있으니 가지고는 다닙니다. 아직도 2G폰을 쓰거나, 아예 폰을 안 쓰고 메일로만 연락을 주고받는 분도 있다 하니 그에 비하면 나는 좀 나은 편 아닌가 하면서요.

아마 나는 과도한 연결 상태에 대한 거부감이 있는 듯합니다. 스마트폰을 쓰는 대한민국 사람 거의 모두가 쓴다는 카카오톡을 쓰지 않는 이유 중 하나도 그 거부감과 관련이 없지 않습니다. 한 번도 써본 적이 없고 앞으로도 계획이 없습니다. '카카오톡 안 쓰는 사람들'이라는 글을 쓸 생각은 있습니다. 더불어 사는 세상에서 고립무원孤立無援을 자처할 수는 없겠으나 내가 폰에 끌려 다니고 싶지 않다는 생각도 큰 것 같습니다. 언제든지 내가 의지적으로 폰을 안 쓸 수 있는 상태에 있고 싶다는 마음. 그럼에도 불구하고 폰이 얼마나 내 일상 깊숙이 들어와 있는지 확인할 때마다 오싹하기까지 합니다.

직접적인 감각과 소통에 집중하고 싶은 마음이 커서 여행지에서는 폰을 더 쓰지 않게 됩니다. 폰뿐 아니라 사진기, 가이드북 없는 여행을 말하는 이유 또한 유사합니다. '자랑질' 용 사진 찍기를 그만두면, 가이드북을 덮으면, 길찾기앱을 사용하지 않으면 자연스레 내가 지금 있는 현장에 더 집중하게 됩니다. 나의 감각과 주변의 도움에 열려 있게 되지요.

사진 이야기는 이미 앞서 했으니, 가이드북 이야기만 조금 더 해 보려고 합니다. 나도 한때 가이드북을 열심히 샀었고, 가이드북 무용론을 주장할 생각도 없습니다. 학습여행의 경우는 말할 것도 없고, 개인 여행이라 하더라도 여행지에 대해 미리 자세히 공부하는 것을 비판하는 것은 더구나 아니고요.

다만 있을 수도 있는 약간의 부작용을 이야기하는 겁니다. 여행지의 유명한 장소에서 열심히 가이드북만 들여다보게 될 수도 있고, 그 가이드북에 나오는 공간이나 맛집에만 가보려 하는 강박이 생길 수도 있다는 것을 경험으로도 알고 있고, 다른 이들을 관찰하면서도 느꼈기 때문이지요.

요즘에는 폰의 길찾기앱이 현장에 집중하는 것을 방해하는 주요 요인 중 하나인 것 같습니다. 운전할 때 내비게이션으로 찾아갔던 길과 내비게이션 없이 찾아갔던 길에 대한 기억의 차이점을 느낀 적 없으신가요? 보통의 경우 전자는 실제 길에 대한 정보를 거의 남기지 않는 것 같습니다. 갔지만 가지 않은 느낌이라고 할까요. 마치 가상의 공간에서 이동했던 느낌마저 들지요.

이쯤에서 한겨울 러시아 모스크바 길 찾기 경험을 잠시 말씀 드리고 싶네요. 러시아는 역시 겨울! 온몸을 둘둘 꽁꽁 싸매고도 밖에서 단 5분을 걷기 어려운 그 추운 곳에 간 이유는, 얼마나 추운지 확인하려는 심산이었는지도 모르겠습니다.

그러나 한겨울 모스크바를 아무 대책 없이 가기는 살짝 겁이 나서 현지에 있는 분의 연락처를 비상용으로 받아놓고 갔었습니다. 물론 목표는 그 현지 분의 도움을 최소한으로 받는 것이었지요.(비록 기생여행자이긴 하나 현지인을 '착취'하지 않으려 나름 노력합니다.) 그런데 인터넷으로 예약한 숙소에 단순 실수가 아닌 듯한 불쾌한 문제가 생겨 한밤중에 숙소를 옮기는 난리를 치렀습니다. 그때 현지 분의 도움이 정말 절실했고, 많이 감사했습니다. 물론 그분을 소개해주셨던 동료 선생님에 대한 감사도요.

그래도 그 전후로는 혼자 잘 쏘다녔습니다. 공항에서 혼자 급행열차를 타고 시내로 들어왔고, 몇 년을 산 관공서나 회사 주재원들도 꺼린다는 악명 높은 모스크바 지하철 환승까지 혼자 했지요. 러시아어는 거의 한마디도 모르는 상태로요. 러시아어 문자는 저한테는 거의 그림 수준입니다.

궁리를 해야 했습니다. 수준급 길치에다 로밍도 안 된 2G폰과 읽지도 못하는 지도 한 장이 당시 내가 가진 전부였으니까요. 필요는 발명의 어머니, 결핍은 생각의 아버지쯤 될까요? 정글에서 살아남기 수준은 아니지만 뭔가 없거나 부족하면 생각이란 걸 절실히 하게 됩니다. 마감 코앞에서야 글을 쓰게 되는 것처럼요.

일단 평소와 다른 초집중 상태에 들어갔습니다. 그때만큼 집중해본 적도 드물었던 것 같네요. 그리고 2G폰 흑백 카메라로 '생존용 기록사진'을 찍었습니다. 길을 잃었을 때를 대비해서 중요 교차로나 건물 같은 곳의 사진을 찍어둔 거죠. 영 모르겠으면 그 사진을 사람들에게 보여주고 내가 여길 가야 한다고 온갖 방법으로 설명했는데 글쎄 통했습니다!

그렇게 한겨울 모스크바에서도 살아남았습니다. 그리고 생각을 했습니다. 추울 때 몸이 더 아픈 나는 왜, 이런 사서 고생 같은 여행을 하는 걸까? 한 겨울에 러시아를 말이죠. 왜 그럴까, 내 일상의 삶이 편해서일까요?

난 누구의 인생도 더 힘들거나 덜 힘들거나 하지는 않다고 생각하는 편입니다. 보다 정확히 말하면 삶을 마감하는 순간에 아, 이래서 인생이라는 것은 공평했구나, 라는 생각을 하게 되지 않을까 합니다. 눈에 보이는 장애가 있지만, 보이지 않는 장애도 있는 법. 세상 걱정 없어 보이는 사람에게도 말 못 할 슬픔이 있으리라는 것을 짐작합니다. 시기와 종류가 다를 뿐, 누구에게나 각자가 지고 가야 하는 인생의 십자가가 있고, 그건 모두에게 동일하게 버거운 일이라 여겨집니다. 그 생각의 결론은 '부러워할 사람도, 불쌍해할 사람도 없다'이고요.

그러니 내가 살기가 너무 편해서 사서 고생하는 것은 아니라는 생각입니다. 흔히 하는 말처럼, 집 떠나는 것 자체가 고생입니다. 여행은 고생이고, 어찌 보면 고생 아닌 것은 여행이 아닙니다. 영어 단어 'travel'이라는 말의 어원은 'travail'인데 이 단어는 현재 사용되는 뜻 그대로 고생, 고역을 의미하니 딱 들어맞습니다. 여행을 작은 삶이라 생각하면 삶도 역시 고생길 아닌가요? 고생스럽지 않으면 인생이 아닌 것은 아닐까요?

조금 억지처럼 들릴지 모르겠지만 그렇다면 아마 나는 작은 삶인 여행길에서 3무여행을 통해 약간의 '사서 고생'을 살아내며, 내 앞에 놓인 삶도 잘 살아낼 수 있을 것이라는 격려를 '미리 당겨 받기'하고 싶은 것이 아닐까, 그렇게 조심스레 생각해봅니다.

크렘린 궁 근처 강가, 살짝 언 수증기가 햇빛에 크리스털처럼 반짝거리던 그 아스라한 풍경이 지금도 가끔 생각납니다.

여행 = 공부

여행은 많은 것을 알려줍니다. 여행을 통해 얻는 것은 너무 많아 한꺼번에 다 말할 수는 없을 것 같지만 생각나는 대로 적어보려 합니다.

우선 여행은 일상으로부터의 떠남을 의미하기에 대부분의 경우 공간 이동을 수반합니다. 집을 싸 들고 여행을 할 수는 없는 노릇, 공간 이동을 준비하며 우리는 이미 많은 것을 선택해야 합니다. 예를 들어 여분의 신발을 가지고 갈지 말지 같은 것들. 여행 가방의 크기는 여행자의 불안함에 비례한다던데 노련한 여행자가 못 되는 나는 거의 늘 집을 옮길 태세로 짐을 싸지만 그럼에도 가지고 갈 수 있는 것들은 한정적입니다. 외국 여행의 경우 짐의 무게까지 꼼꼼히 재야 하고요.

'그래, 만일의 경우 신분증과 약간의 돈만 있으면 되지, 뭐. 나머지는 어떻게든 되지 않겠어'라고 마음을 다스려 봅니다. 여행을 준비하며 이미 마음을 비우는 큰 공부를 하는 셈입니다. 마음먹기에 따라서는 사는 데 그리 많은 것이 필요하지 않을 수도 있겠다는 잠깐의 깨달음이 스쳐 지나가기도 합니다.

이번 대관령 두 달 살기는 가방 한두 개로는 해결될 일이 아니어서 작은 차에 짐을 꽉꽉 눌러 채워 왔는데도 와보니 없는 것, 부족한 것투성이입니다. 그런데 바로 그래서, 여행은 나에게 할 수 없는 것들을 정해줍니다.

물론 이곳에서 이것저것 사는 방법도 있겠으나 그렇다 해도 여전히 일상 공간과의 단절이 존재하고, 이곳에서 내가 할 수 있는 일들은 꽤 한정적입니다. 그리고 이런 환경이 주는 즐거움이 있습니다. 할 수 있는 것과 할 수 없는 것이 분명해지면서 마음이 단순해집니다. 생활이 가벼워집니다. 특히 나같이 산만한 사람에게는 큰 가르침이지요. 여기 자칭 숲 산책 중독자인, 우석영 작가의 글도 옮겨봅니다.

여행자의 정신은 홑진 삶, 간소한 삶을 지향하며, 여행은 도대체 삶에 무엇이 필요한지를 검증해볼 수 있는 기회, 꼭 필요한 것만으로 사는 삶을 살아볼 기회를 제공합니다.

_ P.135 《숲의 즐거움》(에이도스, 2020)

물론 일상의 삶 안에서는 잘 안 되는 것들입니다. 거꾸로 생각하면 늘 여행하듯 살면 되지 않을까 싶기도 합니다. 그렇다면 많은 것들이 단순화되겠지요. 자연스레 말입니다. 아니 늘 여행을 '하며' 살면 되겠네요. 하지만 말이 쉽지 말입니다!

그래도 이번 여행을 준비하며 나로서는 꽤 많은 것들을 버리고 정리했습니다. 미처 정리하지 못했던 것들은 싸 들고 와서 여기에서 정리하며 버리는 중입니다. 삶에서 선택과 집중이 중요하다는데 그것이 통 안 되는 인간인 나는 여행을 하든지, 이사를 하든지 해야 그나마 정리를 좀 하지 싶습니다.

여행은 이래저래 참 고마운 친구입니다. 그렇게 보면 여행 가서 무엇을 보고 무엇을 먹고 무엇을 하는지는 두 번째, 세 번째로 중요한 일인지도 모릅니다. 여행의 과정 자체가 이미 충분히 중요한 많은 것을 나에게 알려주기 때문입니다.

학생들에게 대학생으로서 누리는 8번의 방학에 긴 여행을 가라, 그것도 가능하면 혼자, 가능하면 적어도 한 번은 해외여행을 가라 강권하면서 여행 가서 아무 것도 안 하고 와도 된다, 무조건 일단 떠나라고 하곤 합니다. 고장 난 레코드처럼 반복해서.

그 말도 실은 나 자신에게 하는 말입니다. 여행을 가고 싶은 이유만큼이나 여행을 가지 못할 이유도 많은 일상이니까요. 그러나 길 떠나 후회한 적은 한 번도 없었기에 나는 오늘도 기를 쓰고 길을 나서 봅니다. 떠남 자체가 내게 충분한 '의미'이기 때문입니다.

아주 오래전 그리스 시인, 콘스칸티노스 카바피가 이렇게 노래했다지요. 언제나 이타카Ithaca(오디세우스의 고향)를 마음에 두라고. 이타카가 없었다면 그대 여정은 시작되지 않았을 것이니. 그러나 이미 그 길 위에서 그대가 성숙하고 풍요로워졌으니 이제 이타카는 그대에게 내줄 것이 하나도 없다고 말입니다.

우선, 일단, 떠나고 볼 일입니다.

2장
기꺼이, 이방인
대관령살이의 행복이란

여행자는 이방인이자 소수자를 자처하는 사람이지요.
서로는 '근친관계'에 있습니다.
그는 이방인이나 소수자처럼 '존재적 관찰자'입니다.
세상에 대해, 마침내는 자기 자신에 대해서도
오래, 깊이, 자세히 관찰하게 되지요.
하여 여행자로 사는 일 또한 이방인이나 소수자로 사는 일처럼
조금 외로운 일이기도 하나 자유롭고 신나는 일이기도 합니다.

여름 친구를 아쉬워함

열대야를 걱정하지 않아도 되는 축복 같은 날씨에 푸르른 들판, 탁 트인 하늘, 깊은 숲과 시원한 계곡, 이런 곳에서 배부른 투정 같겠지만 내가 아쉬워하는 것이 있습니다. 배롱나무입니다.

언제인가부터 나는 여름이 오는 소리를 들으면 늘 배롱나무에 꽃이 피기를 기다렸습니다. 아마도 나의 여름을 같이 건너줄 '여름 친구'를 기다리는 마음인가 봅니다. 그 친구가 오면 여름이 왔구나 했고, 그 친구가 가면 여름이 가는구나 했습니다. 불볕 무더위를 나는 데 큰 위로가 되었습니다.

전남 담양 쪽에 배롱나무 고목 가득한 오래된 정원, 명옥헌원림이 있습니다. 아쉽게도 여름에 방문한 것이 아니어서 꽃을 보고 오진 못했습니다만 그 풍경이 상상만으로도 환상적이었고, 여름이 오면 늘 그 정원도 생각납니다.

이곳에서는 배롱나무를 거의 보지 못했습니다. 아마도 기후 때문인가 보다 짐작합니다. 바닷가에는 배롱나무가 많이 보이는 것을 보면, '쌀 열 섬 가진 사람이 되려…….' 뭐 이런 속담 마냥 나는 이곳에서 배롱나무를 그리워합니다. 사라지고 나서야, 잃고 나서야 알게 되는 많은 것이 있고 그렇다는 것을 알면서도, 정작 옆에 있을 때는 잊어버리거나 이런저런 이유로 모른 척하게 됩니다. '있을 때 잘해', 그러게 말입니다. 그런데 왜 그것이 그리 잘 안 될까요? 그러나 그것이 사람인 것을요. 그것조차 받아들일 마음의 준비를 합니다.

예전 어떤 수업에서 한 학생이 벚꽃을 아주 많이 좋아한다면서 본인은 벚꽃을 365일 보고 산다고 해도 늘 첫 마음일 것 같다고 주장하더군요. 심정적으로야 동의해주고 싶지만 경험상으로는 아닐 것 같습니다. 열정적 사랑의 유효 기간이 24개월이니 36개월이니 '학설'도 구구하지만 그런 얘기들에 기대지 않더라도 우리 모두 알지 않나요? 어떤 사랑도 첫 열정, 그 똑같은 마음으로 지속되지는 않는다는 것을.

만약 그 열정이 사라지지 않는다면 우리가 다 타버리고 없지 않을까요? 고맙게도 열정은 차분해져서 우리 몸이 타버리지는 않습니다. 물론 나는 그 때문에 사랑이 사라졌다고 생각하는 것은 아닙니다. 계절이 변하듯 사랑도 그 옷을 갈아입는 것이겠지요. 사랑의 빛깔이 달라지며 더 은은하고 깊은 마음이 되어간다고 믿습니다.

　아무튼 우리는 모든 사라져가는 것들을 그리워합니다. 사라지기 때문에 그리워하는 것이기도 하겠지요. 여행도, 인생도, 사라져가는 것이어서 늘 아득합니다. 그리고 나는 이 여름에 배롱나무가 내게 주었던 아득한 위로를 그리워합니다.

이 풍경을 아름답다 해도 되는가

자연은 물론 무심 그 자체이지만 산은 산대로 물은 물대로, 여름은 여름대로 겨울은 겨울대로, 때로는 사랑스럽고 때로는 경탄스럽고 때로는 두렵습니다.

이곳 대관령의 가장 대표적 풍광 중 하나는 아무래도 구릉지 초원이 아닐까 합니다. 나도 이곳을 처음 여행할 때 유명한 양떼목장을 방문했던 기억이 있습니다. 드넓은 초원은 보는 것만으로도 가슴이 트이며 벅차오르는 감동을 전해줍니다. 거기에 한가로운 양 떼들까지, 이처럼 평온하면서도 아름다운 풍경이 또 있을까 싶을 정도지요.

대관령 살이를 시작하고 나서 양떼목장보다 더 아름다운 풍경을 매일매일 봅니다. 고랭지 배추밭 풍경이 바로 그것입니다. 이곳은 해발고도가 높은 곳이라 5~6월에야 배추 모종을 심는답니다. 7월 초에는 아직 거의 모종 상태의 어린 배추와 꽤 자란 배추들이 섞여 보입니다. 푸른 융단이 드넓게 펼쳐져 장관입니다.

나는 이 지역이 한반도에서 개마고원 다음으로 넓은 고원지대라는 것을 이번에야 알았습니다. 다른 지역에서는 이 고도에 마을이 있는 경우가 흔하지 않겠지만 이곳은 고원지대라 비교적 넓은 마을이 해발 700m 높이에 형성되어 있는데 인간이 가장 살기 좋은 고도라고 합니다. 오죽하면 평창 슬로건이 '평창 해피 700'일까요. 만약 여기가 산속이라면 못 왔겠지요. 밤에 무서워서. 암튼 나는 학창시절 지리 시간에 도대체 뭘 배운 걸까요?

배추밭 이야기를 계속해보면 얼마 전 '수하리'라는 표지판에 카페 이름이 하나 보이기에 또 냅다 차를 몰아 들어갔습니다. 그런데 마침 그곳이 언젠가 가보리라 벼르고 있었던 그 유명한 배추밭, 안반데기(떡메를 칠 때 쓰는 판인 안반을 닮은 언덕) 근처였습니다.(내 경험에 의하면 카페 투어를 하다 보면 본의 아니게 그 지역에 유명하다는 곳엔 거의 다 가보게 됩니다.)

이 지명은 아마 신문, 방송 등에서 한 번쯤 들어보셨을 겁니다. 가파른 구릉 지대에 끝없이 펼쳐진 배추밭. 커다란 바람개비 같은 풍력발전기까지 합세해 말 그대로 그림 같은 풍경을 만들어 내는 이곳을(쉭쉭 소리를 내는 풍력발전기, 가까이에서 보면 정말 크고 무섭습니다.) 가보려고 맘먹고는 있었지만 카페 주인장이 바로 근처라며 등 떠밀어주시며 길도 친절히 알려주셔서 졸지에 다녀오게 된 그곳. 마침 날도 맑아 강릉까지 환히 내려다보이는 행운도 따라주었습니다.

해발 1,000m에 있는 밭이라니, 이 높고 비탈진 곳에서 농사라는 걸 짓는다니, 눈으로 보면서도 믿기지 않는 풍경이었습니다. 박정희 정권 때 화전민들을 이곳으로 올려 보내면서 밭을 일구면 땅을 불하拂下해준다고 했다고 합니다.

숨은 이야기를 알고 나니, 과연 이 풍경을 아름답다 생각해도 되는 것인가 싶습니다. 산 이곳저곳을 옮겨 다니며 겨우겨우 생계를 꾸렸을 화전민들. 한 평의 내 땅을 위해 더 척박한 곳으로 밀려 올라온 사람들. 그들의 헤아릴 수 없이 고단한 일상이 쌓인 풍경이 내 눈에는 그저 눈물 나게 아름답게만 보이는 이 모순은 대체 어찌해야 하는 것인지.

그러고 보니 몽골 사막 여행 중에도 비슷한 생각을 했던 것 같습니다. 처음에는 끝없이 펼쳐지는 초원과 사막이 그저 경이로웠고, 광활한 단순함이 주는 신비한 기운에 압도되어 말문이 막혔습니다. 시간이 지나며 그 풍경이 전해주는 성찰적 메시지에 마음이 열려갔습니다. 조금 더 시간이 지나서는 이런 곳에서 삶을 살아낸다는 것은 도대체 무엇을 의미하는 것인지 감당이 안 되는 감정들이 밀려왔습니다.

내가 그곳을 방문한 때는 소위 여행 성수기. 다른 말로 제일 살

만한 때라는 얘기겠지요. '공정여행'을 말하나, 여전히 나는 그런 척박한 삶을 살지 않아도 되는 '관광객'에 불과했으니 그런 말을 입에 담을 처지도 아닌 것 같습니다. 이미 100년도 더 전에 게오르그 짐멜이라는 사회학자가 문명의 이기를 통해 '여행'이 '관광'이 되는 과정을 경험하고 실감 있게 묘사한 바 있으니 이런 경험조차 새로운 일이 아닙니다.

그러나 그나마 다행이라고 생각합니다. 내가 이런 질문을—내가 이 풍경을 아름답다 해도 되는지, 그런 질문 말입니다—아직 하고 있어서, 아니 아직 할 수 있어서 말입니다. 알량한 면피일 수 있으나 아무 생각이 없진 않다는 것이 그나마 스스로에게 작은 위로가 됩니다.

휠체어로 사막을 여행하다

이곳 대관령에 있으니 여행자 신분이어선지, 연상되는 비슷한 풍광 때문인지, 몽골을 여행했던 기억이 자주 납니다. 홀로여행주의자이긴 하나 몽골은, 특히 고비사막은 홀로여행하기에는 여러모로 어려운 점이 많아, 가깝게 지내는 두 분과 동행했었습니다. SUV 차량에 운전기사님과 가이드분이 동행하는 방식의, 몽골 현지에서는 아주 일반적인 형태의 여행이었습니다.

현재는 중국 영토에 속하는 내몽골지역에서 초원사막을 봤던 기억이 강렬해, 온전한 몽골은 내 여행 버킷리스트에 있던 곳이었습니다. 사막이란 지형 자체가 떠나게 하는, 떠나야 할 것 같은, 떠날 수밖에 없는, 여행 특유의 감정을 자극하는 부분이 분명 있는 것 같습니다.

하지만 정해진 여행 출발일이 다가올수록 마음 한편이 불편했습니다. 건강이 썩 좋지 않은 상태에서 정했던 일정이었지만 속으로는 여행을 떠날 때쯤이면 좀 괜찮아지지 않을까 생각했었는데 상태가 나아지지 않았기 때문이었습니다. 한편으로는 동행하는 분들께 폐를 끼치게 되면 어쩌나 하는 걱정, 다른 한편으로는 어떻게든 되겠지라는 근거 없는 낙관이 교차하는 중에 시간만 가고 있었습니다.

불안한 출발. 하루 대부분의 시간을 차로 이동하는 강행군. 몸도 마음도 바짝 긴장을 해서일까요, 힘이 들기는 했지만 큰 문제 없이 일정을 소화할 수 있었습니다. 일정 중간쯤이었던 것으로 기억합니다. 모처럼 이른 오후에 게르 숙소에 도착한, 좀 여유가 있는 날이었습니다. 화창하고 산들바람까지 부는 날씨의 나른한 오후를 즐기고 있었지요.

그런데 그곳에서 내 눈을 의심하게 되는 광경을 보았습니다. 거의 매일 8~10시간씩 차로 이동하는, 그것도 상당 부분은 비포장도로, 일부분은 길이라고도 할 수 없는 자갈 벌판과 사막의 산악지대를 지나야 하는 고된 여정인데 휠체어를 탄 분이 그런 여행을 하고 있었습니다. 그분뿐 아니라 한눈에 봐도 몸이 불편하신 다른 분들도 계셨습니다. 사실 사막 여행은 아무리 '럭셔리'하게 여정을 짠다 해도 환경 자체가 불편할 수밖에 없는 여행인데 왜 군이 이런 여행을 하는지 살짝 이해가 되지 않기도 했습니다.

알고 보니 독일 여행 팀이었고, 인솔자분과 이야기를 나눌 기회가 생겼습니다. 남편과 함께 장애인 전문 여행사를 십수 년째 운영 중이라고 하셨습니다. 몽골 여행에 동행한 장애인분들 중에는 남미 여행을 함께 했던 분도 있다고 하시더군요. 모든 것이 부족하고 불편한 사막, 몸이 멀쩡한 사람도 힘이 든데 몸이 편찮으신 분들과 동행하는 것이 힘들 만도 하건만, 그분에겐 자연스러운 일상처럼 보였습니다. 조금 더 많은 문제가 생길 수 있지만 조금 천천히 하나하나 해결해가면 되는 그 정도의 일. 이야기 나누는 중에도 문제가 하나 생겨 자리를 잠시 뜨셔야 했지요. 공용 휴게 공간으로 쓰이는 게르 입구가 좁아 휠체어가 들어가지 않았거든요. 물론 여러 사람의 지혜를 모아 깔끔하게 해결했습니다.

이야기를 나누며 많이 부끄러웠습니다. 그분들에 비하면 내 몸 아픈 것은 명함도 내밀지 못할 정도였습니다. 그래도 남 보기는 멀쩡해 보이고 걸어는 다니니까요. 그런데도 이 여행을 가도 되는 걸까 고민했던 시간이 면구스러웠습니다. 휠체어를 타고 사막을 여행하는 마음풍경은 어떤 것일까요? 당사자와 이야기해보고 싶은 마음도 들었으나 하지 않았습니다. 굳이 그러지 않아도 그분 모습 자체가 아주 많은 이야길 전해주고 있었기 때문입니다.

그분은 내 삶에 또 하나의 '작은 이정표'를 선물했습니다. 상황을 핑계 삼아 무엇인가를 주저할 때 그분이 자연스레 떠오르니까요. 물론 그분이 다른 사람들에게 깨달음을 선물하려 여행을 하시는 것은 아니겠지요. 그분에게 여행이란 그저 여행일 뿐일 겁니다. 조금 불편한, 조금 느린. 하지만 그것은 그분의 일상 자체가 그러하니 그것조차 특별한 일은 아니겠지요. 내가 여행을 하는 이유와 그분이 여행을 하는 이유가 다르지 않을 것이라 생각합니다. 그것을 군이 말로 확인할 필요를 느끼지는 않았습니다. 그저 나를 응원하는 마음으로, 그분의 다음 여행을 응원했습니다.

그리고 나는 지금 이곳 대관령의 넓은 초지를 바라보며 몽골 사막을 여행하던 휠체어를 다시 마음에 담습니다.

초록은 나의 힘

초록이 지천인 곳에서 지내다 보니 초록의 귀하고 소중함을 잊어버릴까 봐 두려워질 지경입니다. 평소 자연에서 살고 싶다, 노래를 부릅니다. 초록이 보이지 않으면 갑갑증이 도집니다. 어릴 때부터 초록을 좋아하긴 했으나 이 병증은 숲의 나라, 독일 유학 시절에 깊어진 것이 분명합니다. 화분으로 가득한 내 연구실을 본 사람들은 한때 정글 같다고 말하기도 했지요. 땅과 가까이 사는 꿈을 꾸지만 현실은 아파트 신세입니다. 걸어서 산에 갈 수 있고, 강 가까이 산다는 것으로 위로를 삼고 있습니다.

그렇다면 나는 '시골형'에 속하는 인간이어야 합니다. 그러나 곰곰 생각해보면 나는 시골살이에 대해 아는 것도 거의 없고, 할 수 있는 일은 더더구나 없습니다. 몸으로 살아본 적이라고는 평생 없고, 텐트에서는 잠을 자지 못하고 벌레라면 기겁을 하는 납니다. 그러니 내가 말하는 시골살이는 등 따습고 배부른 도시인의 한량 놀이 비슷한 겁니다. 주변에서 가볍게 비웃듯이 잘 가꿔진 자연(이라는 또 다른 문명) 속에 아파트를 내려놓고 싶은 것이겠지요. 부정하지 않겠습니다. 아니 부정할 수가 없네요. 내가 하는 자연 타령은 일종의 문명화된 자연을 아주 안전한 방식으로 간접 체험하려는 욕구에 불과하다는 것, 선선히 인정할 수밖에 없습니다.

그럼에도 불구하고 초록 안에 살고 싶은 마음의 진정성까지 의심받고 싶지는 않습니다. 초록을 보면 살 것 같고 초록이 보이지 않으면 죽을 것 같으니, 그것이 일종의 허상이라 해도 이 모자란 마음까지 보듬어 안아줄 수 있는 것이 자연의 힘 아닐는지요. '부모에게 진 빚'이 그러하듯 '자연에 진 빚' 또한 갚을 수 없을 것 같아 그저 고마운 마음으로 머무르려 합니다.

나는 예술가가 되지 못했으나 예술가적 성향을 가진 사람, 예술가의 마음을 이해할 수 있을 것 같다는 착각을 하는 사람입니다. 자연에 대한 내 마음 내지 태도도 아마 그 비슷한 것 같습니다. 자연을 살아본 경험도 없으면서 끊임없이 자연을 그리워하는 사람, 자연에 대한 환상으로 사는 사람, 그것이 나니까요.

그저 구경꾼이어도 좋으니, 자연을 그리워하고 예술을 탐하면서 살고 싶습니다. 한때의 꿈이 수목원 하는 것이었는데 지금은 수목원 옆에 사는, 보다 현실적인 새로운 꿈을 꾸고 있습니다. 그렇게라도 자연이라는 지상 최대의 예술에 기대어 '기생'해 볼까 합니다. 초록의 힘, 자연의 힘을 믿는 도시인이니까요. 잠시 잠깐의 머무름일지라도 그 기억이 나의 팍팍한 일상을 오래오래 위로해줄 것을 믿어 의심치 않습니다.

내가 세상과 뒤섞이면서도
내가 가진 소박한 즐거움에 만족하며,
하찮은 노여움과 천박한 욕망을
멀리하며 살아왔다면,
그것은 그대 덕분이다.
그대 바람과 요란한 폭포. 그대 덕이다.
그대 산이여, 그대의 덕이다, 오, 자연이여!
_P.198《여행의 기술》중 영국 시인 워즈워스의 시(청미래, 2011)

길, 헤매니까 더 좋다

생물학적 여성이 남성보다 방향감각이 없다고들 합니다. 그 근원에 대한 이야기는 종종 원시 수렵사회까지 거슬러 올라가곤 하지요. 심지어 남자는 거꾸로 놓인 지도도 잘 보는데 여자는 바로 놓인 지도도 못 본다는 이야기도 있다고 하네요. 지금 그것이 어느 정도 신뢰성 있는 이야기인지 심각하게 따질 일은 아닙니다만 암튼 그것이 일정 정도 '사실'에 입각한 주장이든 편견이든 간에 안타깝게도 그 주장(편견)에 맞춤한 예를 제공하는 사람 중 하나가 나입니다.

해가 뜨니 동쪽이고 해가 지니 서쪽이겠거니 하고, 방향을 알려줘도 한 블록만 넘어가면 다시 방향을 잃어버리기 일쑤입니다. 지도 보는 법도 모릅니다. 내가 여행지에서 열심히 지도를 챙기는 이유 중 가장 큰 이유는 길을 잃었을 때 주변 사람들에게 물어서 내가 어디쯤 있는지 가늠해보고, 그 사람이 지도를 보고 내가 어디로 가야 하는지 알려줄 수 있을 것이라는 기대 때문이니 더 말해 무엇할까요.

　그러다 보니 길 헤매기 전문가쯤 됩니다. 물론 때로는 스트레스지요. 빠른 시간 안에 길을 찾아야 하거나, 해질 녘 산등성이 길을 헤맬 때는 식은땀이 흐르기도 합니다. 그런데 하도 길을 헤매다 보니, 이제 그것도 어느 정도 익숙해져 배짱 비슷한 것이 좀 생기기도 했습니다. 대충 어찌어찌 되더라는.

　게다가 길 헤매는 즐거움까지 알게 되었지 뭡니까. 예상치 못했던, 신기하고 즐겁고 반가운 경험들을 많이 하게 되었거든요. 이젠 아무 길을 아무렇게나 가보는 일이 일상이 되었을 정도입니다. 오늘 헤매는 길에서는 어떤 놀라운 일이 기다리고 있을지 기대하면서 말입니다. 점점 더 준비하지 않고 대책 없이 헤매는 '게으른 여행자'가 되어가고 있습니다. 내가 늘 '세상에 좋기만 한 일도 없고, 나쁘기만 한 일도 없다'고 하는데 게으른 것을 찬양할 일까지는 아니겠으나, 게으른 여행자가 누리는 행복이 분명 있습니다.

　위험한 일을 장려하는 것은 아니니 오해는 없으시기 바랍니다. 하지만 꽤 많이 길을 헤매본 경험자로서 길을 걷다 보면 저절로 알게 됩니다. 계획을 세워 길을 나선다 하더라도 길은 헤매게 되어 있다는 것을, 헤맬 수밖에 없다는 것을요. 그리고 헤매는 것이 때로 나쁘지 않다는 것을 말입니다. 나만 그런 것은 아님이 분명

합니다. 최영미 시인의 여행 산문집 제목은《길을 잃어야 진짜 여행이다》였고, 나는 그 제목에 공감하여 덜컥 그 책을 샀습니다. 그 책에서 지금까지 기억하고 있는 문장은 제목뿐입니다만.

물론 계획을 하고 사전 준비를 해야 하는 일도 있습니다. 하지만 그런 경우에도 가장 중요한 것은 계획하지 않은 부분에서, 준비하지 못했던 부분에서 선물처럼 주어지곤 하는 것 같습니다. 작은 삶인 여행길에서 나는 매일매일 기대하지 않던 것이어서 더 큰 기쁨인, 그런 선물들을 받아듭니다.

할머님들이 운영하시는 진부의 '청춘떡방'도 길을 잘못 들었다가 우연히 '발견'한 것이었습니다. 한의원을 찾아가는 길에, 찾던 자동차 정비소를 만났고, 무작정 동네를 돌아다니다 뜻하지 않은 곳에서 따라 짓고 싶은 집을 보기도 했습니다.

오늘은 한의원 다녀오는 길에 시간 여유가 있기에 오다가다 본 '방아다리 약수'라는 이정표를 따라 무작정 들어가 봤는데 글쎄 길이 끝이 없는 겁니다. 약간의 오기가 발동해서 '내가 가보고 만다'면서 계속 들어갔습니다. 다행히 2차선 포장도로가 잘 나 있어서 길이 험하지는 않았습니다. 금방 있을 줄 알았던 약수터는 이정표로부터 10km 이상 들어간 산에 있었습니다. 그런데 그 약수터가 내가 꼭 가보고 싶었던 전나무숲에 있지 뭡니까. 숲을 좋아하는 데다 건축가 승효상 선생님이 설계하신 집도 볼 수 있어

딱 기억해 두었다가 가봐야지 했던 곳인데, 처음에는 그 약수터 전나무숲이 내가 가고 싶어 했던 곳인지도 몰라봤네요.

　나처럼 무계획적으로 사셔라, 그렇게 말하지는 못하겠습니다. 하지만 아무리 꼼꼼하게 잘 짜인 계획을 가지고 여행을 하더라도 좋든 나쁘든 예상치 못한 경험을 하는 것을 피할 수 없듯 우리 삶도 그럴 수밖에 없는 것이라면, 그것을 두려움이 아니라 호기심으로 바라볼 수 있다면, 미지의 내일을 조금 더 열린 마음으로 기쁘게 맞을 수 있지 않을까 합니다. 나처럼 길치건 아니건, 누구나 어느 정도는 길을 헤매게 될 텐데 그것을 어떻게 바라보는가는 '나의 태도'에 달린 일이라, 내가 결정할 수 있다고 생각하기 때문입니다. 이것은 길치인 내게 여행이 건네준 큰 가르침입니다.

　나는 오늘도, 오늘이라는 걷기, 오늘이라는 여행에서, 뭔가를 내가 발견하는 기쁨을 누렸습니다. 그것이 내가 앞으로 살아갈 길을, 기쁘고 즐겁게 헤맬 수 있는 힘이 됩니다.

계획은 조금만

　나도 여행 계획이라는 것을 세우기는 합니다. 그러니까 지금 이곳에 있겠지요? 하지만 예전만큼은 아닙니다. 그 정도가 아니라 아주 많이 달라졌지요. 한때는 나름 꼼꼼하게 계획을 짜려 노력했었고 행여나 그 계획대로 되지 않을까 노심초사했던 것 같습니다. 그런데 여행을 하면서 자연스레 알게 되었습니다. 계획대로만 되는 여행이라는 것은 없음을, 그리고 그것이 별문제가 아니라는 것을. 아니 그 정도가 아니라 은근히 무계획을 즐기는 경지가 되었지요. 그랬을 때 더 큰 놀라움과 즐거움이 찾아오는 기쁨을 알게 되었기 때문입니다.

　이후로 내 자유여행 계획 자체는 대체로 간단합니다. 언제 어디로, 그리고 때에 따라 며칠간의 숙소 준비 정도. 나머지는 현지에 가서 보이는 대로, 느끼는 대로, 할 수 있는 대로, 그뿐입니다. 현지에 가면 신기하게도 계획이 짜입니다, 계획이 생깁니다.

최근 몇 번의 여행은 내 생각이 옳았다는 것을 증명해줍니다. 내가 좋아하는 통영. 그곳에 자리 잡은 '뽈락아저씨'에게 무작정 연락을 했었습니다. 잡지에 실린 그분의 글을 읽으며 재밌게 사시는 분이라 생각했고, 그분의 통영이야기를 듣고 싶었거든요. 추적해보니 그분은 게스트하우스를 하셨고, 방문할 수 있었습니다. 처음 만난 분과 동네 보리밥집에서 늦은 점심을 먹으며 백서냉면(부부의 성을 따서 지은 이름)집을 또 소개받았습니다.

일정이 안 맞아 그때 바로는 아니고 다음 여행 때 그 집을 갈 수 있었습니다. 간단히 저녁을 먹을 생각이었는데 식당에 앉아 안주인과 무려 7시간 정도 이야기를 나누었습니다. 물론 우리는 초면이었습니다. 그 부부의 모습을 보고 그분들의 삶 이야기를 듣는 것만으로 얼마나 큰 위로가 되고 기쁨이 되었는지 모릅니다. 그렇게 통영에 지인이 생겼습니다. 결혼 후 있는 것 털어 세계여행을 다녀오시고, 지금은 어쩌다 냉면집을 하고 있으신데 1년에 한 달은 문 닫고 여행을 다니시는 멋진 부부가 내 통영 지인입니다. 이제 통영을 생각하면 그분들의 모습이 제일 먼저 떠오릅니다.

지난겨울 제주 여행할 때는 곡성에서 유기농 쌀 기업을 하고 계신 부부를 만나 유쾌하고도 의미 있는 시간을 보낼 수 있었습니다. 원래 계획은 서귀포 성당에 가는 것이었는데 그곳에서 멀지 않은 피정집(면형의 집)을 꼭 들러보고 싶었습니다. 미사 시간이 빠듯

했지만 마음 가는 대로 그곳으로 먼저 갔습니다. 아주 잠시만 들르자. 하지만 피정집의 아늑한 정원 풍경에 마음을 뺏기고 과객을 반갑게 맞아주시는 그곳 분들께 차 한 잔 얻어 마시다 보니, 미사 시작 시간은 이미 지났습니다. 그런데 마침 그날, 가보고 싶었던 강정마을 거리미사가 있다는 겁니다. 원래는 거리미사가 없는 날인데 면형의 집 피정자들이 계셔서요. 세상에 이런 행운이 있다니.

부랴부랴 정신을 챙겨 강정마을로 갔습니다. 그 미사에 나와 동행 말고, 다른 여행자들이 있었습니다. 곡성에서 온 가족이었습니다. 뭔가 딱 끌리는 것이 있어서 미사 후 그분들과 말문을 텄고 우리는 같이 마을식당에서 식사를 하고 고구마 전분공장을 개조한 근사한 카페에서 늦은 오후까지 담소를 나눴습니다. 여행길에 만난 순천이라는 도시에 대한 인상이 참 좋았는데 곡성은 마침 순천과 붙어있는 곳이고 안주인 고향이기도 했지요. 다시 한번 순천 갈 기회를 엿보고 있으니 그때 꼭 찾아뵐 생각입니다. 그 부부와 아들들의 건강한 기운이 지금도 기분 좋게 기억납니다. 우연한 만남으로 그다음 여행 계획까지 생겨 버리고 말았습니다.

보다 최근에는 춘천 강원대에서 열린 워크숍을 마치고 대관령으로 가서 여름 집을 구할 계획을 세우고 일정을 조정했었습니다. 그런데 주변 사람들이 걱정을 했습니다. 차를 가지고 갈 주제도 못 되면서 아무리 같은 강원도라고 해도 춘천과 대관령은 많이 멀고,

대중교통편도 안 좋다면서 어쩌려고 그러냐고요. 그런데 나는 다년간의 경험으로 어떻게 되겠지라는 똥배짱으로 일단 그냥 갔습니다. 강원대 게스트하우스 하루 예약한 것이 계획의 전부였고요.

워크샵에서 만난 강원대 선생님들께 내가 이러저러한 계획이 있다, '광고'를 했습니다. 정보를 좀 주십사 부탁드렸지요. 마침 불자이신 한 선생님이 대관령 근처 오대산 절(월정사, 상원사)에 가끔 다니신다네요. 게다가 월정사에서 자연명상마을을 만들었는데 가보고 싶으셨다며 시간 맞으면 본인이 동행할 수 있다고 하셨지요. 더구나 다음 날 오전, 춘천에 있는 월정사문화원에서 미얀마로 출가하신 한국 스님의 설법회가 열린다고 초대해 주셨습니다. 이런 횡재가 있나요? 그렇게 그 선생님과 나는 1박 2일 함께 여행을 했습니다. 그분의 인생이야기 듣는 재미도 쏠쏠했습니다.(학생들에게 전해주고 싶은 이야깃거리가 많이 생겼지요.) 그분과 나, 물론 초면이었습니다.

이런 나를 주변 사람들은 가끔 걱정스러운 눈길로 쳐다봅니다. 그렇다고 내가 길 가다 아무나 붙잡고 그러는 건 아닙니다. 지금까지는 정말 다행히 많은 우연이 내 여행을 더 풍성하게, 더 의미 있게 만들어 주었습니다. 참 감사한 일입니다. 이런 경험은 삶에 대한 내 생각도 조금은 바꾸어 놓았습니다. 예전에는 '내가 살아내야 한다'는 생각이 많았다면 지금은 주변의 덕으로 '살아지는' 부분이 많다는 것을 배웁니다. 살아가는 중에 내가 계획하지 않은 많은 일과 만남, 그 우연 아닌 우연이 내 삶을 만들어가는 것을 느낍니다. 그리고 그 정중앙에 '사람들'이 있다는 것을요.

우리 삶에 개입하는, 적지 않은 경우 피할 수 없는, 수많은 우연에 마음을 열어놓으면서 삶이 조금은 더 즐거워졌다고 나는 생각합니다. 그래서 앞으로도 그 우연들을 기꺼이 만날 생각입니다. 나중에 내가 어떤 할머니가 되어 있을지 기대하면서요!

베를린과 평창군, 역사를 기억하는 방법

평창군 대관령면 횡계리는 2018년도 동계올림픽 개폐회식이 열렸던 곳입니다. 이곳에서 만난 분들은 올림픽을 기념할 만한 것이 별로 남아있지 않다고 아쉬워들 합니다. 성화대와 스키점프대 정도가 고작이니까요. 개폐회식 장소를 왜 임시건물로 지었어야 했는지 언론에서 접한 적이 있지만 정확한 기억이 없는 데다 전문가도 아니어서 내 의견을 보탤 재주는 없습니다. 다만 그 이야기를 들으며 '한 도시는 자신의 역사를 어떻게 기억하는가'라는 질문을 하게 됩니다.

개인적인 경험으로 이 질문에 가장 먼저 떠오르는 곳은 독일 베를린입니다. 기회가 닿아 베를린에 한 달 정도 머무르면서 '뚜벅이'를 한 적이 있습니다. 시간이 아까워서 매일매일 많이도 걸었고, 결국 발에 물집이 잡히고 터지곤 했지요. 그래도 걸어 다니는 것이 신났습니다. 매일매일 새로운 경험을, 신선한 발견을 하는 즐거움이 있었기 때문입니다. 이제 이 도시가 자신을 어떻게 기억하는지 내가 보고 느꼈던 점을 나누고 싶습니다.

베를린에 도착한 지 이틀째인가 도로 바닥에서 이상한 것을 발견했습니다. 보도블록(부분적으로 도로)에 작은 돌들이 일렬로 박혀 있는 겁니다. 동화 《헨젤과 그레텔》의 빵부스러기 얘기가 생각나면서 호기심이 생겨 따라 걷기 시작했습니다. 돌의 행렬은 끝도 없이 계속되었는데 날이 저물어 탐험을 중단할 수밖에 없었지요.

숙소에 돌아와 확인해보니 그것은 동서베를린을 나누는 장벽이 있던 곳을 표시한 것이었습니다. 통일 후 장벽은 극히 일부만 남기고 철거했으나 장벽이 있던 곳 표시는 남겨둔 것이지요. 다음 날 보니 그 돌표식 스톨퍼슈타인Stolperstein을 따라 자전거로 여행하는 프로그램까지 있었습니다.

의미를 알고 보니 그 박힌 돌표식을 따라 걷는 길이 '순례길'이 된 느낌이었습니다. 한 걸음 한 걸음, 삶과 역사의 무게가 무겁게 다가왔던 기억이 선명합니다. 남겨둔 장벽의 일부를 보았을 때보다 시가지를 관통하는 돌표식이 훨씬 더 의미 있고, 심지어 아름답게 느껴졌습니다. 남겨진 장벽은 말 그대로 관광지가 되어 외려 감흥이 반감되었지요.

길 위에서 또 하나 재미있는 발견을 했습니다. 일부 신호등에 신기하게 생긴 모자 쓴 '신호등사람'이 있는 겁니다. 어떤 길에는 다른 신호등사람이 있어서 한눈에 규칙성을 발견하기 어려웠습니다. 그 후로 계속 그 모자 쓴 신호등사람을 발견하러 다녔고, 의미를 알아내려 애썼습니다. 신호등사람이 바뀌고 있나? 뭘 한꺼번에 갈아치우는 사람들이 아니니 하나씩 바꾸고 있겠지? 그런데 모자 쓴 신호등사람으로 바뀌고 있는 건지, 그 반대인지를 알 수 없었습니다. 모자 쓴 신호등사람이 디자인 상 훨씬 눈에 띄고 마음에 들었기에 마음속으로 모자 쓴 신호등사람을 응원했습니다.

하루 이틀 더 지났을까요? 드디어 그 정체를 알아냈습니다. 알고 보니 이 모자 쓴 신호등사람, 아주 유명인사더군요. 독일말로는 암펠만Ampelmann이라고 하는데 이 암펠만 기념품만 파는 가게들이 있을 정도였습니다. 암펠만은 통일 전 동베를린 지역의 신호등사람이었는데 통일 후 원래는 당연히(?) 서독 기준으로 신호등을 교체할 예정이었답니다. 그런데 '암펠만 구하기' 시민운동이 벌어졌다지요. 시민안전 등을 고려해 꽤 신경 써서 만든 신호등사람이기도 했었다지만 그보다 내 생각에는 그 캐릭터에 대한 시민들의 애정이 중요하게 작용했을 것 같습니다. 혹시 신호등사람을 애정 어린 눈으로 쳐다본 적 있으신가요? 암펠만을 보면 그렇게 되실 겁니다. 각진 큰 모자를 쓰고 같은 쪽 손과 발을 들고 걷는 모습이 아주 귀엽습니다.

나는 암펠만을 안 이후 신호등을 찬찬히 들여다보는 습관이 생겼습니다. 가끔 신기한 신호등사람을 구경하게 됩니다. 예를 들면 스페인 살라망카에서는 신호등이 바뀌기 전, 신호등사람도 그저 깜박이는 것이 아니라 바쁘게 뛰는 것을 볼 수 있었지요. 참고로 암펠만 가게에는 이 세상 거의 모든 신호등을 모아둔 포스터도 팝니다. 신호등사람이 엄청난 문화상품이 된 거죠. 대박 문화상품은 자주 '어쩌다' 만들어집니다.

길거리 탐험 중 내 레이더에 걸린 또 하나. 동네 작은 골목길에 길 이름 표지판이 있고, 그 위에 마치 새끼표지판처럼 뭐가 하나 더 얹어져 있었습니다. 안경을 안 쓰고 있어서 글씨를 읽을 수가 없었지요. 다음 날 안경을 끼고 다시 보니, 깨알 같은 글씨로 이 거리의 이름이 몇 년도까지는 뭐였다, 는 내용이 쓰여 있었습니다. 길의 이름이 바뀐 건데 그전 이름을 기록에 남겨둔 거지요.

사실 베를린 길거리 탐험 중 뒤통수를 세게 맞은 것 같은 기분은 이때 제일 강하게 들었습니다. 말씀드린 대로 내가 이 새끼표지판을 발견한 곳은 중요하고 넓은 거리도 아닌 그저 평범한 동네의 작은 골목길이었습니다. 물론 베를린에는 크고 대단한 건축물이 많지만 베를린 정주형 여행 중 가장 기억에 남았던 단 하나의 풍경을 꼽으라면 나는, 암펠만에게는 살짝 미안하지만 이 새끼표지판을 꼽겠습니다. 그네들이 일상의 '사소한' 역사를 기억하는 방식에 대한 감동의 여운이 길고 깊게 남았습니다.

당연히 우리는 어떤지 돌아보게 됩니다. 최근엔 다 때려 부수고 새로 짓는 것이 능사라는 사고에서는 조금 벗어난 것 같습니다. 그럼에도 아직 갈 길이 멀어 보입니다. 이곳이 저곳인지 저곳이 이곳인지 구분이 안 가는 판박이 같은 도시 풍경도 그렇고, 우리가 일상의 역사를 기억하는 일과 기록하는 방식에 있어서도 말입니다.

학생들과 함께 경북대학교 이야기 역사책《이야기가 있는 경북대 문화지도》를 만든 적이 있습니다. 그 책 1권에 보면 70년대 초반까지 2번 등의 버스가 교내를 관통했었다는 내용이 있습니다. 언뜻 보면 대충 조사해서 적은 것처럼 보이지만 실은 상당한 노력을 들였습니다. 학교 자료는 물론 대구시 자료까지 뒤졌고, 해당 버스회사들에 여러 번 문의도 했고, 당시에 재학 중이던 본교 출신 선생님들 인터뷰까지 진행했지만, 결국 정확한 연도와 버스 번호 확인에는 실패해서 두루뭉술하게 적을 수밖에 없었답니다.

이것이 그렇게 공력을 들여 알아낼 일이었을까요? 내가 그 사실을 분명하게 정리하고 싶어 했고, 꽤 많은 노력을 기울였던 것은 그것이 대단히 중요한 역사적 자료라고 생각해서라기보다는, 그 시대를 산 사람들이 아주 많이 생존해있는 불과 몇십 년 밖에 지나지 않은 일에 대한 정확한 정보를 얻어낼 수 없다는 것이 속상해서였던 것 같습니다. 세계문화유산에 오른 조선왕조실록의 나라에서 이래도 되는 건가, 흥분하면서 말입니다. 작은 경험이었지만 그것이 우리의 현재 상황을 보여주는 단면으로 여겨져 마음이 상했던 기억이 있습니다.

베를린에서의 '발견'들은 여행 준비에 게으른 여행자의 개인적 기쁨이기도 했지만 그 도시가 자신을 어떻게 기억하는가에 대한 많은 생각의 계기가 되기도 했습니다. 그리고 나는 오늘 이곳에서, 우리는 무엇을 어떻게 기억하고 있는지 고민하게 됩니다.

평창동계올림픽 개폐회식을 했던 장소는 큰 마당으로 남았습니다.(생각보다는 작아서 놀랐는데 올림픽 때 이곳에서 일했다는 분도 건물이 해체된 후 이곳이 이렇게 작았나 놀랐었다네요.) 이곳에서는 현재 '평창평화뮤직페스티벌' 등 크고 작은 문화행사가 열립니다. 평창은 평화를 '올림픽 유산'으로 삼고 싶은 모양인데 잘 되겠지요? 부디 빈 마당의 창의적 활용이 성공적이길 빕니다.

올림픽이 열렸던 시기쯤 1년에 한 번, 홀로그램으로 올림픽 개폐회식을 재현하는 퍼포먼스는 어떨까요? 그나저나 이 자리에 아파트나 리조트가 들어서는, 설마, 그런 '만행'이 저질러지지는 않겠지요? 갑자기 빈 마당이 다행스럽게 여겨집니다.

모정탑길에서 다시 생각하는 모정

　강릉 쪽 대관령, 노추산 계곡 근처에 '모정탑길'이 있습니다. 이름에서 유추할 수 있는 대로 '모정'으로 쌓은 '탑길'입니다. 이름만으로도 가보고 싶다 생각이 들었는데 신문 소개 글에서 사진을 보고 나니 꼭 가야겠다로 마음이 굳혀졌습니다.

　"차순옥 여사는 강릉으로 시집을 와서 4남매를 두고 지냈으나, 언젠가부터 집안에 우환이 끊이질 않았다. 그러던 어느 날 꿈에 산신령이 나타나 노추산 계곡에 돌탑 3,000개를 쌓으면 집안에 우환이 없어진다는 신비한 꿈을 꾸게 되었다. 돌탑을 쌓을 장소를 찾던 중 율곡 이이 선생의 정기가 서려 있는 이곳에서 26년간 돌탑 3,000개를 쌓았다. 돌탑이 쌓일수록 집안은 평온을 되찾았고, 2011년 9월 향년 66세의 나이로 생을 마감하였다."

모정탑길 입구 안내문입니다. 다른 글에서 읽은 내용을 덧붙여 보면 자녀 2명이 요절했고, 남편의 병도 깊었다고 합니다. 사실 글로만 이야기를 접했을 때부터 여러 생각이 왔다 갔습니다. 이것이 모정이라는 이름으로 찬양하기만 할 이야기인가 했습니다. 4명의 자녀 중 2명이 요절했다면 2명이 남아있었단 얘기인데 결국 남편과 아이들을 두고 이 골짜기에 혼자 와서 26년을 산 것이 되니 말입니다. 그리고 좀 믿기지 않는 이야기이기도 했습니다. 생략되었거나 각색된 부분을 감안하더라도 말입니다.

하지만 일단 그 자리에 서 본 내 첫 소감은 '감동'입니다. 모정 여부를 떠나 한 여인이 이 산골짜기에 움막을 지어 홀로 살면서 쌓았다는 3,000개의 돌탑길은 세기의 불가사의까지는 아니더라도 경이로울 지경이었습니다. 단순함의 축적이 주는 감동이 있지요. 게다가 혼자 살아냈다는 26년의 세월이 신비감을 더했습니다. 심지어 '정말 아름답다'는 생각이 들었습니다. 어지간한 조각 작품이 주는 감동을 넘어서는 미감美感이었습니다. 거기에 탑의 기원성, 길의 구도성이 더해지며 종교적인 의미까지 부여되는 듯했습니다.

이곳에 쌓인 이야기와 무관하게 탑길 자체가 전해주는 진한 감동 때문에 꼭 다시 오고 싶다는 마음이 생겼습니다. 그럼에도 이 길 이름인 모정, 이라는 단어 앞에서 나는 늘 뭔가 얹히는 느낌이 듭니다. 거부하기 어려운, 거부해서는 안 되는 단어, 모정. 모정의 절대성. 하지만 때로 '비정한 모정', '왜곡된 모정'이라는, 말도 안 되는 표현이 언론에 회자되는 것처럼 모정은 그 절대성 때문에 비극을 잉태하기도 하는 것 같습니다.

특히 한국사회에서 모정(모성)은 어떤 절대적인 위치를 점하고 있어, 의문시되면 안 되는 그 무엇인 듯합니다. 그러나 어찌 보면 부모가 자식을 보살피고 사랑하는 것은 생물학적 명령 같은 것이어서 너무 대단한 의미를 부여받을 것까지는 아니다 싶은 생각이 듭니다. 더구나 모든 약한 것, 보살펴야 하는 것에 대한 연민은 인류 보편적인 감정일 것, 모정(모성)의 독점권은 아니다 싶기도 합니다. 어떤 학자는 모든 약한 것에 대한 연민이 모성의 본질이라고 말하기도 했지요.

정말 부모가 실행하기 어려운 모정 또는 부정은 어린 자식을 돌보는 것이 아니라, 다 큰 자식을 놓아 보내는 것이라고 생각합니다. 인간을 제외한 거의 모든 동물은 낳으면서 거의 그 의무를 다하나, 인간아이는 긴 양육기간을 거칩니다. 그 시간은 독자 생존이 불가능한 상태로 태어나는 인류종의 특성상 필요불가결한 것이겠지만 문제는 그 시간이 사회구조적 요인과 상호 이해관계 등이 맞물리며 계속 늘어나고 있는 것이겠지요. 우리 시대의 부모와 자식은 '정신적 이유離乳'가 안 된 채로 노인과 성인이 되는 것은 아닌가 합니다.

　나의 어머니는 '이 세상에 너를 대신해 목숨을 내어놓을 수 있는 사람은 나밖에 없다'는 말로 나를 매놓으십니다. 당신이 나를 매놓으려고 그런 말씀을 하는 것은 아님을 너무 잘 압니다. 그럼에도 나는 그 사랑의 의심 없는 절대성이 때로 버겁습니다. 그런데 이런 말을 하는 순간에도 자문합니다. 너는 어머니 돌아가신 후 얼마나 후회를 하려고 이따위 말을 늘어놓고 있느냐고요.

　후회, 아마 하겠지요? 할 겁니다. 그런데 후회는 이렇든 저렇든 불가피하다고 생각합니다. 그러니 우선 지금은 논리적으로 '만' 생각해보지요. 내 생각은 이렇습니다. 자식은 부모에게 어차피 갚을 수 없는 빚을 지고 태어나는 것. 부모의 사랑은 내게 선물로 주어진 것. 그러니 부당한 부채의식 가질 필요 없음. 정상적인 부모가 가장 바라는 것은 자식의 행복일 터. 그러니 내가 지금 행복하면 되는 것. 부모의 행복을 위해 나의 행복을 유보하는 것, 그것이 부모의 행복일 수는 없다, 라고 말이지요.

　그러나 현실의 많은 부모들은 자식의 미래 행복을 담보로 자식이 원하지 않는 길을 가라고 합니다. 그 미래의 행복을 부모는 진짜 '보증'해줄 수 있을까요? 한 발 물러서 생각해 보더라도 보증수표를 발행해주는 것이 맞는 일인가요? 현실의 많은 자식들은 부모의 기대에 부응하느라 평생을 애쓰며 삽니다. 그렇게 간 길이 결과적으로 나쁘지 않을 수도 있겠지만, 자신의 선택이 아니었다는 점에서 후한 평가를 하긴 어렵습니다. 자신이 직접 선택한 일에 대해서만 인간이 특별한 책임감을 느낀다는 심리학, 교육학 연구결과는 많고도 많습니다.

'자식 대신 아파주고 싶다는 부모', 조금 냉정하게 들릴 수도 있겠지만 그럴 수 없기 때문에 하는 말일 수도 있겠다 싶습니다. 각자의 몸을 가지고 있는 이상, 각자의 밥은 자기가 먹을 수밖에 없고, 각자의 인생 또한 각자가 살아야 하고, 실수와 후회도 각자의 몫이어야 한다고 생각합니다. 나는 모정(모성)이라는 말을 들을 때 지금처럼 무겁고 눈물 나는 마음이 들지는 않는 사회가 왔으면 합니다. 조금은 덜 무거운 모정을 만나고 싶습니다.

여름의 모정탑길 근처 계곡은 물놀이객들로 북적입니다. 처음엔 이 신성한(?) 곳에서 물놀이라니, 조금 언짢았습니다. 그러나 돌이켜 생각해보니 그분들이 먼저 앞서서 모정으로 쌓은 돌의 무게를 좀 덜어 내주고 있었던게 아닌가 싶습니다.

모정탑길을 생각하며 다시 눈물이 납니다. 입은 나불대면서도 나는 아직 '조금은 가벼운 모정의 시대'를 살 준비가 덜 되어있나 봅니다. 내 어머니의 지속적인 세뇌공작이 어느 정도는 성공한 것이겠지요. 앞으로의 세대들에게나 기대를 걸어봐야겠습니다. 요즘 부모들을 보면, 그것도 쉽지 않을 것 같기는 합니다만.

'모정탑길'은 모정에 대한 고민과 상관없이 꼭 한번 걸어보시길 바랍니다. 조용한 때 조용하게 걸으시길 추천합니다.

대관령에서 춤바람

　자칭 대관령 '잠시 현지인'인 나는 급기야 라인 댄스반에도 등록했고 대관령건강생활지원센터에서 주관하는 운동 프로그램에도 기웃기웃합니다. 몸이 붓고 뻣뻣해지는 증상이 심한 만성질환자라 몸을 계속 움직여야 하지만, 나는 몸으로 사는 데 익숙하지 않습니다.

　육체노동을 통해 밥을 벌어본 적도 평생에 없고, 돌아다니며 노는 것은 좋아하지만 춤이나 운동에 대단한 취미를 가져본 적도 없습니다. 내게 춤은 어쩐지 쑥스러운 것이었고, 운동은 의무였지요. 하지만 몸의 직접적 감각으로 삶을 만나는 일에 대한 동경은 갖고 있습니다. 작가 김훈 선생님은 본인의 몸과 마음 사이에 직접성이 빈약하다며 그것이 부끄럽다 말합니다.

　나는 리듬이 빠른 음악을 들어도 몸이 흔들리지 않는다. 이것은 내가 늙어서 그렇다기보다는 몸과 마음 사이에 직접성이 빈약하기 때문일 것이다. 나는 이것을 부끄럽게 생각한다.

_ P.193 《연필로 쓰기》(문학동네, 2019)

나도 그렇습니다. 춤이든 운동이든, 풍부한 감정표현이든 몸으로 자신을 적극적으로 표현하는 법을 어려서 배우지 못한 것이 아쉽게 느껴진 것은 꽤 오래됐습니다. 독일 유학시절에 이미 그랬지요. 서양 사람들의 몸에 새겨진 풍성한 표현력이 부러웠습니다.

몸으로 표현하는 법을 배우지 못한 것은 전적으로 내 탓입니다. 어머니는 흥이 많은 분이시니, 그 부분은 아버지를 닮았는지도요. 몸으로 뭔가 표현하는 것에 늘 서툴렀고, 쑥스러웠습니다. 고등학교 때 무용선생님께서 나를 '뻣뻣공주'라고 부르실 정도였으니 말 다 했습니다.

유연성이라곤 없는 몸은 내가 가지고 살아가는 만성질환의 원인 또는 결과일지도 모릅니다만 인간이 하는 일의 대부분이 사유와 표현의 여러 다른 모습이라면, 나는 몸을 움직여서 나를 표현하는 데는 젬병입니다. 내게는 대학 1학년 종강 파티 때 처음 간 서울 종로 2가 디스코텍에서 사람들이, 특히 내 친구들이 무아지경으로 춤추는 것을 보며 저 친구들이 내 친구들이 맞는지에 충격을 받고는 근처 패스트푸드점에서 문 닫을 때까지 울어, 과 친구들을 '멘붕'에 빠뜨린 전력이 있습니다. 지금 생각하면 참 어처구

니가 없습니다.

그나마 말과 글을 어느 정도 부릴 줄 알고 예술, 특히 시각예술에는 관심이 많으니(나는 한때 미대 지망생이었습니다.) 그나마 다행이라 해야겠습니다만, 몸으로 자신을 자유롭고 솔직하게 표현할 수 있다는 것은 정말 부러운 일입니다.

그래도 몸으로 할 수 있는 것 중 걷기를 제외하면 그나마 마음이 가는 것은 춤입니다. 근력운동은 여전히 의무로 느껴질 뿐이고, 매번 다른 사람들과 같이 해야 하는 운동은 부담이고, 물에 들어가는 것이 싫으니 수영도 안 되고, 동계스포츠는 추운 걸 질색하는 내게는 언감생심입니다. 골프는 시간이 너무 많이 소모될 뿐아니라 아무리 대중화되었다지만 그리 넓지도 않은 나라에 너무많은 골프장이, 너무 넓은 땅을 점유하고 있는 것 같아 불편하여별로입니다.

춤은 음악과 함께 하니 신나기도 하고 동작도 아름다워, 늘 기웃하게 됩니다. 쑥스러움은 여전하지만요. 물론 현실은 참혹합니다. 라인 댄스 선생님 말씀처럼 내 몸인데 왜 내 맘대로 안 될까요? 게다가 기본 체력도 없어, 이것이 가능하긴 한 일인가 매번 좌절하게 됩니다. 하지만 가수 이효리가 어느 프로그램에서 스트레칭 동작을 가르치면서 헤매는 사람들에게 했던 말이라며 내 수호

천사가 전해준 말을 되새겨 봅니다.

"힘들어서 안 할 건가요? 인생도 그렇게 살 건가요?"

그러게요. 하긴 해야겠지요.

시간을 핑계로 놓아두었던 댄스를 다시 시작은 했습니다. '시작이 반'이라는 말이 가끔은 위로가 됩니다. 어떤 선생님들처럼 정년 버킷리스트를 만들어야겠습니다. 소박한 정년기념 기타 연주회나 독창회를 꿈꾸던 분들처럼요.

그런데 《미루기의 천재들》이라는 책의 저자 말로는 버킷리스트는 미루기 위한 또 하나의 탁월한 방법이라던데 격하게 공감이 됩니다.

사투리 말고, 강원도말! 경상도말! 전라도말!

살면서 이렇게 오래 강원도말을 듣는 것은 처음입니다. 강원도말은 어딘가 '이북말'(왠지 북한말이라고 하는 것보다 이북말이라고 해야 말맛이 삽니다.) 하고 비슷해서 북한 사람을 보는 것 같기도 하고 신기합니다.

나는 서울내기입니다. 대학원 시절까지 서울에서 살았고, 독일 뮌헨Muenchen대학 유학 7년 반, 다시 서울에서 몇 년 살다가 직장 따라 현재는 대구에서 지냅니다. 대구는 내겐 아무 연고도 없는 낯선 곳이었습니다. 그땐 경상도말이 신기했지요. 지금도 대구말과 부산말을 잘 구분하지 못하지만 대구말과 부산말에 억양 차이가 있다는 것 정도는 압니다.

언어에 관심이 꽤 많습니다. 사유의 수많은 표현 도구 중 언어가 가장 기본적이고 광범위하다는 것에 많은 분이 동의하실 수 있을 것이라 생각하고, 언어를 잘 들여다보면 사람살이의 상당 부분을 짐작할 수 있지 않을까 합니다. 내가 여러 지역과 외국 생활 경험을 통해 관심을 갖게 된 단어 중 하나가 '방언'이라고도 불리는 '사투리'라는 말입니다. 먼저 밝히자면, 나는 사투리라는 말이 불편합니다. 사투리라는 말에 부정적인 의미가 본래 장착되어 있다고 생각하지는 않습니다. 하지만 중앙집권적인 성격이 강한 대한민국에서 사투리라는 말은 특정한 위계질서 안의 주변부로 편입되어 있다고 느낍니다.

아니라고요? 그럼 누군가 영어와 한국어 사이에 일종의 위계질서가 있다고 주장한다면 어떻게 느끼시나요? 영어권 나라에서 태어나는 것 자체가 하나의 스펙이 될 수 있다는 말에, 쉽게 아니라고 하실 수 있는지요? 불편한 진실일 수도 있으나, 이것은 우리나라 내에서도 고스란히 적용된다고 봅니다. 서울말을 쓰는 것 자체가 하나의 스펙이라고 주장한다 해도 어색하지 않은 사정이니까요. 영어를 쓰는 사람들이 다른 나라 말 배우기에 게으르듯이, 서울말을 쓰는 사람들은 다른 지역 말을 배우기에 열심이지 않습니다. 굳이 배울 이유를 느끼지 못하지요.

하지만 반대의 경우라면 사정이 좀 다릅니다. 서울에 취직한 제자들은 서울말을 써야 할 것 같은 무언의 압력을 느낀다고 고백하는 경우가 많습니다. 자신이 사용하는 말이 희화화되는 유쾌하지 않은 경험을 하기도 하지요.

한 초등학생이 서울 외의 모든 지역을 시골이라고 표시한 지도를 언론 보도에서 접한 적이 있습니다. 과연 그 어린 친구만의 생각일까요? 마치 미국에서 집단이 아닌 '온전한 개인'으로 여겨질 수 있는 것은 아직도 '백인 남자'뿐이라고 말해지는 것처럼 대한민국에서 어쩌면 광주, 대구, 대전, 부산, 인천 모두 갑자기 '시골'이 되어버릴 수도 있는 겁니다.

여기서 잠깐! 내가 적어도 어떤 부분이나 상황에서 다수 또는 주류에 속하는지, 아닌지 판별할 수 있는 아주 단순한 방법 하나 알려드리겠습니다. 내가 그 부분이나 상황에 대해 고민이라는 것을 해 본 적이 있는지 생각해보면 됩니다. 지금의 경우라면 서울 말을 쓰는 사람이 다른 지역에 살게 되었을 때 그 지역 말을 써야 할지를 고민하는 것과 그 반대의 경우를 생각해보면 바로 답이 나올 겁니다. 전자의 경우 고민을 하더라도 그것은 '선택'일 가능성이 높은 반면, 후자는 의무나 압박으로 다가올 가능성이 높다는 것이 거의 자명하지 않은가요?

우리 사회가 지향하는 바가 수평성, 개방성, 다양성의 사회라는 맥락에서 생각하더라도 한 나라 안에서의 이런 위계적 언어 상황은 바람직하지 않다고 생각합니다. 물론 서울과 비서울 구도가 단지 언어에 국한되는 문제가 아니기에 그 복잡다기한 상황을 지금 다 언급하거나 해결할 수는 없지만, 그래도 언어와 관련해서만 이라도 우리가 해야 하고, 할 수 있는 일이 있다고 나는 믿습니다.

예민한 분들은 이미 알아차리셨을 텐데 나는 지금 우리가 평소에 잘 쓰지 않는 단어들을 사용하고 있습니다. 지역 말, 강원도 말, 대구말, 서울말 등. 그렇습니다. 나는 사투리라는 말을 쓰지 않습니다. 학생들에게도 그 단어를 쓰지 말라고 부탁합니다. 누군가는 사투리라는 말이 얼마나 정겨운 느낌을 주는 말인데 그러냐고 반문할지 모르겠지만 그런 시선은 마치 〈6시 내고향〉이라는 TV 프로그램을 바라보는 도시인의 마음 비슷한 것 아닐까요. 내가 농어촌에 살 마음은 없지만, 농어촌은 늘 푸근하고 인심 좋은 곳으로 남아줬으면 하는 이기심 비슷한 것일지도요.

그리고 사투리를 정겨움이라는 틀 안에 가두는 것은 자칫 이 언어를 영구히 '사적 영역'에 가두어두는 결과를 낳지 않을까 살짝 걱정입니다. 강원도 출신 대통령이 강원도말로 취임사를 한다면 웃길 것 같지 않으신가요? 한 번 더 생각해보면 그것이 왜 웃길 것 같으신가요? 웃긴 것이 당연할까요?

대한민국에서 사투리나 방언이라는 말에는 이미 상당히 중앙 중심적인 권력적 요소가 숨어 있고, 이 단어가 차별과 배제의 메커니즘 안에 강하게 포섭되어 있어서 적어도 그 말을 '모어母語'로 사용하는 사람들이 무성찰적으로 사용할 말은 아니라고 생각합니다. 당신 말이 맞는다면 말을 바꿀 것이 아니라 사유, 제도와 구조를 바꿔야 한다고요? 물론요, 동의합니다. 그러나 동시에 언어를 바꾸는 일 또한 해 볼 만한 일입니다.

언어는 사회성, 역사성을 가지는 관습적(conventional) 존재인데 그것을 역으로 활용하자는 것이지요. '언어 바꾸기'는 비용도 거의 들지 않고 그 가시성이 바로 드러나며 특정 언어의 사용(또는 미사용)으로 사유, 나아가 제도와 구조 변화에 영향을 미칠 가능성도 적지 않습니다. 다들 아실 겁니다. 우리가 어느 때부터인가 '편부모'라는 말을 더 이상 쓰지 않는다는 것을요. 내가 기억하는 한 이 경우도 사유, 제도, 구조보다는 언어 바꾸기가 먼저 일종의 '운동'으로 시작되었습니다. 이제는 상당히 자리를 잡은 것 같습니다. '편부모가정'이라는 말을 아무 생각 없이 쓰거나 이를 차별의 빌미로 삼는다면 여론의 뭇매를 피해갈 수 없을 겁니다.

나는 우선 사투리라는 말을 쓰지 말자고 이야기합니다. 대신 강원도말, 서울말이라고 하면 아무 문제없지 않나요? 표준어/사투리의 구조가 수직적이라면, 서울말/강원도말/경상도말/전라도말의 구조는 수평적입니다. 나는 우리나라 안에 수많은 지역어들이 있을 뿐이라 생각합니다. 서울말도 그중 하나로 지금 우리 시대에 소통을 위한 기준으로 사용되고 있을 뿐이지요. 백제의 부여

말처럼, 신라의 경주말처럼. 시대가 바뀌어 또 다른 말이 기준이 될 수도 있겠지요.

이런 인식이 우리나라 언어 토양을 더 비옥하게 하는 데도 도움이 되지 않을까 합니다. 각 지역어는 나의 말이고, 내 부모의 말이고, 실생활의 말이고, 공동체의 말이기 때문입니다.

김훈 작가는 《연필로 쓰기》에서 "여러 고을 사람들이 여러 말로 와글와글하는 나라의 말이 건강하고 문화적인 언어"이고 각 지역어는 "모국어의 하늘에서 빛나는 수많은 별"이라고 말합니다. (사투리라는 단어는 사용하시지만요.) 그리고 서울말은 그 모국어의 하늘에서 빛나는 하나의 별일뿐입니다.

언어는 '사유의 집'입니다. 내 사유, 내 부모의 사유, 우리 사유의 집인 지역어. 나와 우리가 사용하는 우리의 사랑스럽고 자랑스러운 말을 남이 만들어놓은 틀(프레임)의 주변부로 끌고 들어갈 이유는 없는 거지요? 틀을 바꿔야 않을까 싶습니다.

참고로 서울말이 '모어'가 아닌 사람들은 2개 언어사용자(자신의 지역말 + 서울말)인 '능력자'일 경우가 반대의 경우보다 훨씬 많습니다. 서울말 사용자들은 영어 사용자의 경우와 비슷하게 자신의 말만 아는 모자란 경우가 많은데 반해서 말입니다. 훨씬 더 풍부한 언어자산을 가지고 있는 거지요. 언어부자입니다.

고야 또는 (밀)깨라는 말을 아시나요? 아신다면 당신은 강원도와 인연이 있는 분이시겠군요. 우리가 보통 보는 자두보다 작은 연두색의 재래종 자두를 지칭하는 강원도말이랍니다. 내 언어자산이 +1 되었습니다.

생래적 프로불편러를 응원하며

나는 어떤 면에서 꽤 민감하고 까칠한 사람입니다. 대부분 사소한 것에 대한 불평불만이 많은데 여행 중에도 벌써 그것을 들키고 있습니다. 물론 나는 이런 나의 특성을 굳이 감출 생각도 없습니다. 건강한 불평불만에 긍정적 에너지가 있다고 믿기 때문입니다. 불평도 관심이 있어야 하는 것이고, 불평은 대안에 대한 제안을 적어도 간접적으로 담고 있으니까요. 오히려 우리가 불평을 제대로 안하는 것, 불평하기가 너무 불편한 것, 불평을 사회의 긍정 에너지로 바꾸어내지 못하는 것에 대한 더 큰 고민이 필요하다고 생각합니다.

가끔 유명인사가 나랑 같은 생각을 하는 것을 확인할 때 기분이 나쁘지 않습니다. BTS를 탄생시킨 방시혁 대표가 서울대 졸업식 축사 중에 자신이 얼마나 불만이 많은 사람이며, 그 불만이 자신의 오늘을 만들었는지 이야기하는데 마치 내가 학생들에게 하는 얘기를 다른 사람 입을 통해 듣는 느낌이었습니다. 사실 내가 하는 불평불만은 방 대표의 그것보다도 훨씬 사소한 것들입니다만.

좌우간 나는 오죽하면 카톡도 안 하는 주제에 하나의 어플을 궁리 중인데 제목은 이미 오래전에 정했습니다. '세상의 모든 불평'! 모토는 '불평하기가 너무 불편하다', 슬로건은 '세상을 바꾸는 건강한 불평'. 그리고 나 나름의 불평불만 원칙은 '가능한 대로 정중하게 불평한다'입니다. 물론 화가 많은 성질로 인해 가끔 지키기 어렵지만요. 프로불편러의 생활소사生活小事, 글로 잠시 구경 좀 하실까요?

물어보지도 않고 빵을 잘라 포장해주는 빵집에 문제 제기하기. 빵은 바로 먹을 것이 아니라면 자르지 않는 것이 원칙적으로 맞는다고 봅니다. 최소한 물어는 보셨어야죠? 대부분의 경우 대답은, '많은' 손님들이 잘라 달라고 하기 때문에 그렇게 한다는 건데, 그에 대한 내 대답은 '모든' 손님이 그런 것은 아니니 다음부터는 적어도 물어봐달라는 것입니다. 많은 사람들이 원한다 해도 자르지 않은 빵은 자를 수 있지만, 자른 빵을 다시 붙일 수는 없지 않나요? 거기에 앞으로는 손님에게 '바로 드실 것이 아니면 자르지 않고 가지고 가시는 것이 더 좋긴 합니다만'이라고 얘기해주시면 더 고맙겠다는 잔소리 한 스푼 추가.

탕수육 소스를 사전안내 없이 부어서 주는 것에 문제 제기하기. 우리 집은 '원래' 음식 소스를 부어 낸다는 분에게 나는 이 집이 처음이고, 그러니 이 집이 '원래' 그런지는 '당연히' 몰랐다고 얘기하고, 따로 나온 소스를 부을 수는 있으나 이미 부어 버린 소스를 분리할 수는 없으니 사전에 말씀해주셔야 하는 것 아니냐고 말씀드리기.

물어보지도 않고 영수증을 주지 않는 가게에서 '영수증 주세요'라고 말하기. 영수증을 왜 주지 않느냐 하면, 대답은 보통 빵집의 경우와 같습니다. '많은' 손님들이 그냥 버려달라고 한다는 것. 내 대답도 거의 같습니다. '모든' 손님이 그런 것은 아니니 물어는 봐주셔야 하겠다는 것. 그리고 영수증은 주고 받는 것이 기본 아니냐는 잔소리 한 스푼 추가.

나를 사모님, 어머님 또는 이모님 등으로 부르는 분들에게 "손님 또는 고객님이라고 불러주시면 고맙겠습니다", 라고 말하기. 저 사모님 아니고요, 그쪽 어머니나 이모는 더더구나 아니지 않느냐는 잔소리 한 스푼 추가. 전 국민의 '가족화'를 부르는 어머니, 이모, 형님 등의 호칭 남발에 멀미가 납니다. 오늘도 대한민국 식당 여기저기에서는 이모, 이모, 이모 소리가 요란합니다. 그런데 참, 왜 고모가 아니고 이모인 걸까요? 짐작 가는 바가 있지만 얘기가 딴 곳으로 샐까 봐 여기서는 생략하기로 하겠습니다.

'커피 나오셨습니다' 등의 사물 존칭 문장을 쓰는 분들에게 가능한 한 상냥하게 웃으며 커피가 나오시지는 못할 것이고 나왔겠지요, 라고 말하기. 가끔 따가운 눈초리가 뒤통수에 꽂히는 것은 감수하기. 고객과의 분쟁을 최소화하기 위해 업체에서 직원들에게 모든 문장을 극존칭으로 구사하도록 교육하는 곳도 있다고 들었습니다만 암튼 고쳐야 하는 문제라고 생각합니다.

그 외에도 다음 같은 것들이 있습니다.

여름이건 겨울이건 무조건 찬물을 내는 식당 갈 때마다 따뜻한 물 좀 달라 부탁하고 챙겨 마시기. 짜면 짜다고, 식었으면 식었다고 '정중하게' 말씀드리고 해결할 방법 찾기.

가게 문 앞에 안내된 여닫는 시간과 실제 영업시간이 다르다 말씀드리면, 지금은 바뀌었다고 태연히 말하는 주인장에게 안

내문 교체 부탁하기.

뭔가를 문의하는 내 이름과 전화번호를 알려달라시면서 본인 이름과 소속, 직위는 정확하게 밝히지 않는 분에게 정보 요청 하기.

공공 안내판 등에 잘못된 정보 있으면 담당 기관에 알려드리고 시정 요청하기.

잘못된 정보를 주신 분에게 직접이든 전화로든, 알려주셨던 정보가 잘못된 것이더라고 알려드리기.

뭐 이런 일들이 내가 일상에서 하며 사는 일의 아주 일부입니다. 굳이 유별나게 구는 이유는 '많은' '착한' 사람들이 좋은 것이 좋다는 식으로 넘어가는 것 같아, 안 그런 사람도 있다는 것을, 모든 사람이 괜찮은 것은 아니라는 것을 알려드릴 필요는 있을 것 같아 깨어있는 시민 노릇 비슷하게 뭐라도 해 보려고 그러는 겁니다. 그리고 때로는 나마저 어떤 선생님처럼 '이 나라는 희망이 없어서' 애쓸 필요가 없다고 생각하게 될까 봐 무섭기까지 합니다. 그래서 나름으로는 기를 쓰고 애써가며 까칠한 사람(때로는 진상고

객) 노릇을 하고 있습니다.

많은 사람들은 불평불만이 있어도 귀찮아서, 시비 붙기 싫어서, 너그러운 사람이고 싶어서 등등의 이유로 속으로만 구시렁대고 다음에 안 가면 되지, 또는 별 이상한 사람이구먼, 이라고 생각하며 넘기겠지요. 그런데 그러면 상대방 쪽에서는 자신의 말이나 행동에 문제가 있다고 생각하는 사람이 있는지 여부를 모를 수밖에 없지 않나요? 우리는 서로가 서로에게 '블랙박스'이지 않은가요? 인간이 서로의 속을 들여다볼 방법을 아직은 갖고 있지 않으니 귀찮아도 말을 해야 할 때가, 행동해야 할 때가 있습니다.

물론 이렇게 해서 결과적으로 내가 조금 덜 불편한 사회에서 살고 싶다는 강한 열망이 있습니다. 그리고 나 같은 사람도 있어야 다른 사람들도 조금은 덜 불편한 사회에서 살게 되지 않을까요? 예를 들어 내가 어떤 정보를 잘못 알고 있는 분에게 당신의 정보가 잘못된 것이더라고 알려드려야 그분이 내게 전했던 잘못된 정보를 다른 사람들에게 전하지 않을 테니까요.

그런데 불평불만하기가 때로 진짜 불편합니다! 얼마 전 대구시에 뭔가 건의하려고 하다가 로그인하라는 통에 바쁜 핑계로 접었습니다. 또 한번은 진짜 열을 받아 작심하고 뭔가를 건의했는데 며칠이나 지나서 내가 받은 대답은 관련 부서 확인 중이다, 담당 부서에 넘겼다, 의견 감사하고 앞으로 적극 검토하겠다, 라는 몇 번의 문자 연락이 다였습니다. 가끔 내가 뭔 짓을 하고 있나 싶어 기운이 빠지기도 하지요.

그래도 대관령 거주 기간 동안 뭔가 좋은 일들을 하긴 했습니다. 평창대관령음악제 홈페이지에 소개된 음악제 일정 중 독일어 표현이 잘못되어 있는 것을 발견하고 전화해서 알려드렸지요. 나중에 보니 그 독일어 부분은 삭제되었더군요. 고치지 않고 아예 삭제한 이유야 알 수 없지만 음악제의 성공(?)에 내가 손톱만큼 기여하지 않았을까요?

평창스페셜아트&뮤직페스티벌(2014년에 시작된 전 세계 발달장애인의 예술 축제라고 합니다.) 개막식 공연 시간이 20분 넘게 지연되는데도 아무런 장내 안내가 없던 것에 대해서도 '정중하게' 항의했습니다. 실은 이때 왜 그랬는지 짐작됩니다. 가보니 개막공연 참석자들이 거의 다 내부자인 것으로 보였습니다. 요란하게 홍보는 했지만 외부에서 온 참석자는 아쉽게도 나와 취재기자님들 정도인 듯했습니다.

질문이 생겼습니다. 이 행사는 '내부용 행사'일까요? 며칠간 몇백 명이 합숙까지 하며 하는 행사이니 정부 예산도 꽤 들어가지 싶은데 외부 관람객이 거의 한 명도 오지 않는 행사라니요? 겉으로 드러난 '좋은 취지'에도 불구하고 뭔가 좀 이상합니다. 그리고 설사 그렇다 해도 동네학예회도 아니고, 알펜시아 콘서트홀에서 열리는 국제행사인데 외부 손님이 있을 수도 있다고 생각하고 최소한의 공연 지연 안내를 했어야 하는 것 아닌가 싶어 이해하기 어려웠습니다.

하지만 이 프로불편러는 칭찬도 적극적으로 하려고 노력합니다. 친절하게 설명해주서서 감사합니다, 덕분에 좋은 길 하나 알았습니다, 아주 맛있게 잘 먹었습니다, 더운데 고생하십니다 등등. 잊지 않고 꼭 큰 목소리로 또박또박 감사의 마음을 표하려고 노력합니다. 불평불만이 많은 나는 그래서 어떤 것이 감사할 일인지도 잘 알기 때문입니다.

나와 우리의 세상을 조금은 더 나은 방향으로 바꾸려는 노력을 계속하는 건강한 불평불만론자들을 응원하며 부디 나와 그들이 지쳐서 세상에 냉소적이 되는 일은 없기를 간절히 기원합니다.

날씨에 대한 감사와 두려움

내게는 대관령에 얽힌 유쾌하지 않은 추억이 있습니다. 고등학교 때 '신사임당 교육'을 받는다고 강릉 주문진에 있는 신사임당수련원에 차출되어 갔을 때 일인데, 사실 그때 한복까지 떨쳐입고 교육받은 내용은 하나도 기억에 나지 않습니다. 기억에 남아있는 것은 딱 두 가지.

한 가지는 대강당 불을 다 끈 상태에서 전면 단상에 걸려있던 태극기에만 서서히 빛이 밝혀지면서 반공교육, 애국교육 비슷한 것을 받았던 기억입니다. 뭔가 북받쳐서 심지어 울었던 것 같습니다. 사실 아는 사람은 아는 일인데 별명이 '고장난 수도꼭지'인 나한테 그리 특별한 일은 아닙니다만 당시 교육이 어느 정도는 나름 성공적이었던 것이겠죠? 조금 더 머리가 굵어지면서 그때 그 기억은 뭔가 석연치 않고 떨떠름한 추억으로 남았습니다.

다른 한 가지는 대관령과 직접 관련된 일인데 신사임당수련원 가던 때, 대관령 넘기 전 먹은 김밥이 고불고불 길에 얹혔는지 머리가 깨지게 아프고 얼굴은 하얗게 질려 다 토하며 죽다 살아난 일입니다. 그때 얼마나 힘들었는지, 대관령 하면 그때의 기억이 제1번이었습니다. 이후 설악산도 가고, 스키장도 가고, 해수욕장도 갔지만 그 악몽을 이기진 못했습니다. 내게 대관령은 끔찍하게 고불고불한 길, 넘고 싶지 않은 길로 남아 있었습니다. 이후 나는 대관령을 넘기 전에 식사를 하지 않는 것을 일종의 불문율로 지켰을 정도였습니다.

예전 영동고속도로의 일부였던 그 길은 오랜만에 와서 다시 보니 456번 국도로 불리고 있습니다. 옛사람들이 걸어서 넘던 고갯길, '대관령옛길'이라고 불리는 길과 이웃한 길이더군요. 2001년 영동고속도로의 대관령 구간 새 길이 뚫리면서 이 길은 이제 이동경로라기보다는 관광길이 된 것 같았습니다. 대관령옛길 일부를 걸어보기도 하면서 456번 국도를 쉬엄쉬엄 넘으니, 고등학생 때 기억이 새록새록 합니다.

현재의 고속도로 대관령 구간은 456번 국도에 비하면 아주 편안한 길이지만 그래도 매번 만만치 않은 길임을 실감합니다. 강릉에서 맑은 노을 풍경을 놓고 가야 하는 것을 아쉬워하며 출발했는데 대관령을 넘으며 안개가 자욱해져 100m 앞을 내다보기가 어렵고 비까지 뿌립니다. 바람은 기본입니다. 고개를 넘고 나니 언제 그랬냐는 듯 다시 고요해집니다. 얼마 안 되는 시간에 여러 번 경험한 일입니다.

그러고 보니 비슷한 경험을 지리산 노고단에서도 했었네요. 고도라는 것이 참 대단합니다. 그래서 산사람들이 산은 산, 아무리 낮고 걷기 쉬운 산이라도 우습게 보지 말라고 경고하는 모양입니다. 아스팔트 도로를 차로 넘어오는데도 바짝 긴장이 되는데 옛사람들이 이 고갯길을 짚신을 신고 걸어서 넘었다는 것이 상상이 되질 않습니다. 고개 이쪽과 저쪽 사람들은 서로에게 딴 세상 사람들이었을 것 같습니다.

자연을 상당 정도로 통제할 수 있는 문명화된 시기를 사는 내게 자연의 힘이 인지되는 가장 일상적인 매개는 오래전부터 날씨입니다. 혈압이 낮고 혈액순환이 원활하지 않아서인지 흐리고 비오는 날엔 몸이 늘 힘들었습니다. 그래도 한국에서는 살 만했는데 본격적인 시련은 독일에서 시작됐습니다.

독일의 첫해 겨울은 아주 혹독했습니다. 독일어 초급자가 하필 춥고 눅눅하고 긴 겨울이 시작되는 10월에 독일에 간 것 자체가 실수라면 실수였지요. 게다가 당시 나는 아버지를 잃은 지 얼마 되지 않아 심리적으로도 많이 위축되어 있었습니다. 거의 매일 저녁 눈물바람이었네요. 아주 갑작스런 일은 아니었지만 아버지의 죽음으로 인한 심리적 혼란, 처음 해 보는 외국생활의 긴장, 거기에 어둡고 칙칙한 날씨까지…….

하지만 내가 유학을 준비하던 때 누구도 독일 날씨에 대해 걱정해준 사람은 없었습니다. 나도 별생각이 없었지요. 그저 공부하러 간다고만 생각했던 것 같습니다. 도착하자마자 착각이었다는 것을 깨달았지만 말입니다. 공부도 살면서 하는 것, 독일은 내 삶의 자리였고 날씨도 기본 옵션으로 따라왔습니다.

독일에서 사는 동안 날씨에 대한 민감성이 부쩍 높아졌습니다. 정확히 말하면 일조량이 부족하다 보니 늘 해를 그리워하며 살았지요. 독일이나 그 주변의 중북부 유럽에서 살다 보면 '겨울우울증'이라는 병명도, 해만 나면 일광욕을 즐기러 돗자리를 들고 나서는 사람들도 저절로 이해하게 됩니다.

그 시절, 1년 중 내가 제일 기다렸던 날은, 동지입니다. 과학적으로 정확히 말하자면 해가 가장 일찍 지는 날과 해가 가장 늦게 뜨는 날이 달라 조금 더 자세한 설명이 필요하지만, 아무튼 그 날이 지나면 해가 조금씩이라도 길어진다는 희망을 가질 수 있었기 때문입니다. 날이 추워지고 해가 짧아지기 시작하면 나는 독일에서 '고도'가 아닌 동지를 기다리며 살았네요.

독일살이의 좋은 점도 많았지만 누군가가 나보고 그곳에 계속 살겠냐고 물으면 내 대답은 '아니오'였습니다. 정체성 문제 같은 부분을 뺀 환경 측면에서만 보자면 다름 아니라 날씨 때문이었습니다. 나는 매해 10월이 되면 다음 해 4월 정도까지 어떻게 살아남아야 하는지 늘 아득했습니다. 몸 상태도 나빠지고 덩달아 마음도 울적해져서 내가 공부를 마치기는커녕 이 겨울을 제정신으로 날수는 있을지 두려울 지경이었지요. 조울증 비슷하게 동절기에는 울증 상태에 있다가 하절기에는 조증 상태가 되는 느낌이기도 했습니다.

어쨌든 나는 유학 시절, 날씨가 사람의 육체적, 정신적 건강에 얼마나 지대한 영향을 미칠 수 있는지를 온몸으로 경험하며 8번의 겨울을 겨우 살아냈습니다. 내가 원해서 간 독일이었고, 정말 많은 것을 얻은 시간이었기에 후회하진 않습니다만 다시 독일로 유학을 가겠냐고 한다면, 글쎄요…… 스페인이 낫지 않을까요?

나는 유학 갈 준비를 하는 친구들에게 공부도 공부지만 그곳에서 살아야 한다는 것, 그래서 환경이 중요하다는 것, 도시의 위치, 크기, 치안만큼이나 날씨가 중요하다는 얘기를 누누이 하곤 합니다. 나에게 아무도 해주지 않았던 이야기죠.

개인과 공동체의 일상적 삶에 자연이 미치는 영향과 힘이 아직도 얼마나 큰지, 나 같은 '날씨모지리'가 아니더라도 날씨를 통해 알게 되는 경우가 많지 않나 합니다. 더워도 추워도, 눈비가 와도 안 와도 문제지요. 태풍 한 번 지나가면 나라 전체가 들썩합니다. 요즘은 (초)미세먼지 문제가 가장 큰 화두 중의 하나가 되었고요. 지난 평창동계올림픽 개폐회식의 성패를 가를 중요한 변수 중하나로 꼽혔던 것도 날씨였습니다. '한국 스키의 발생지'이자, 매서운 겨울바람으로 말리는 황태가 주요 수입원이던 대관령 동네. 바람과 추위라면 둘째가라면 서러울 텐데 가설 오픈 시설에서 열렸던 개폐회식 날에 바람이 너무 불어도, 기온이 너무 낮아도 큰 문제가 될 수밖에 없었지요. 21세기에도 하늘만 바라봐야 하는 상황이 있더군요. 고맙게도 날씨가 협조해줘서 온 국민이 안도했던 기억이 생생합니다.

물론 인간은 자연을 성공적으로 극복하며 대단한 문명사회를 이루어 왔으나 자연은 우리가 왜 여전히 자연 앞에 겸허해야 하는지를 반복해서 일깨워줍니다. 나는 이곳에 오며 여름 동안 다른 아무런 생산적 활동을 못 하더라도 남는 장사라고 생각했습니다. 에어컨 바람, 원래 별로였지만 건강에 이상 신호가 온 이후로는 더 큰 문제가 되었는데 더위를 잘 안 타는 나도 에어컨이 없이는 도저히 지낼 수 없는 여름 날씨에 특단의 대책을 찾아야 했기 때문입니다.

내가 묵고 있는 이곳 숙소에는 에어컨 자체가 없습니다. 더 말할 필요가 없겠지요? 살 것 같습니다. 더위에 고생하고 있는 분들에게 미안할 정도로 너무 좋습니다. 날씨가 사람을 이렇게 행복하게도 해주는구나, 실감하고 있습니다. 나는 이미 엄청 '남는 장사'를 한 기분입니다. 더구나 이렇게 마음을 끄적거릴 수 있으니 이만하면 대성공이지요?

자유의지로 주거지를 고를 수 있는 상황이신가요? 일상의 안녕과 삶의 질을 위해 날씨, 고려하십시오!

기꺼이, 이방인으로

독일 생활을 포함해서 내 생의 꽤 오랜 시간을 '이방인'으로 살고 있습니다. 내가 만들어낸 표현을 사용하자면 독일에서는 '외부적 이방인(가시적으로 이방인임이 확인됨을 뜻합니다.)'으로 살았다면, 대구에서는 '내부적 이방인'으로 사는 셈입니다. 엄밀하게 다듬어진 개념은 아닙니다만 대충 감은 오시지요?

나는 대한민국 국민이고, 한국말을 쓰는 사람이니 대구도 분명 '내집단內集團'에 속합니다. 그러나 대구에서 나는 여전히 겉도는 기름 같은 부분이 있습니다. 내집단으로 상상되는 집단에 소속된 사람이나 그럼에도 내가 입을 떼는 순간 뭔가 살짝 다른 시선이 느껴집니다. 몇 마디 오가면 "여기 분 아니시죠?", "멀리서 오셨나 봐요?" 등의 질문이 돌아옵니다. 물론 독일에서와 달리 여기서는 내가 입만 떼지 않으면 됩니다.

대관령에서의 내 위치도 '내부적 이방인'쯤 되겠지요? 내가 머무르는 곳 엘리베이터에는 철 지난 안내문이 붙어있습니다.

…… 왼쪽 버튼을 눌러 실내 온도를 동파가 안 될 온도로 설정한다. …… 〔주의〕 외출모드 …… 영하 30도를 대비 외출모드보다는…….

아마 대관령에 사는 분들에게는 동파라는 말, 영하 30도라는 말이 아무것도 아닐 수 있겠으나 나는 보자마자 맙소사, 했습니다. 동파가 안 될 온도가 몇 도인지 알 수는 없었지만 말입니다. 이곳 분들에겐 일상이라 심드렁하실지 모르지만 내겐 많은 소소한 것들이 그저 재미있고 신기하고, 때로 낯섭니다. 대한민국 국토가 그리 작지 않다는 것을 또 한 번 느끼면서 말입니다.

얘기 드렸던 내 생활명언, 기억하시나요? '세상에 좋기만 한 일도, 나쁘기만 한 일도 없다.' 이방인으로 사는 것도 그렇습니다. 외부적 이방인이건 내부적 이방인이건 이방인으로 사는 것에는 불편한 점도 있지만 분명한 장점도 많습니다. 이방인은 현지인은 보지 못하는 것을 보고, 듣지 못하는 것을 듣고, 느낄 수 없는 것을 느낄 수 있습니다. 정주민보다 잘나서가 아니라 이방인이라는 위치가 주는 선물 같은 겁니다. 오래 산다고 많이 아는 것은 아니고, 정주민은 보통 '이미 안다고 생각'하기 때문에 관찰하지 않습니다. 오래 보지 않고, 깊이 보지 않고, 자세히 보지 않을 수 있지요.

'소수자'라는 이름으로 불리는 사람들 또한 그들이 소수자이기 때문에 볼 수 있는 것, 들을 수 있는 것, 느낄 수 있는 것들이 있습니다. 일본에서 그 스스로 성소수자인 사람이 성소수자를 위한 미용실을 냈다는 기사를 접하며, 정말 성소수자이기 때문에 할 수 있었던 신선한 문제의식이 아닐까 생각했습니다. 통상적인 기준으로 남자답게, 여자답게 머리를 만져주는 기존의 미용실들이 성소수자 입장에서는 많이 불편할 수 있겠다는 생각을 부끄럽게도 그 기사를 통해 처음 했습니다. 역시 남과 다른 입장이 남다른 생각을 하게 합니다.

 오른손잡이는 이 세상 물건들이 사용하기 불편하다는 생각을 잘 하지 않을 겁니다. 하기가 어렵지요. 불편하지 않으니까요. 만약 오른손잡이가 이 세상 많은 물건이 오른손잡이 위주로 만들어져 있다는 것을 알아채고, 왼손잡이는 불편하겠구나라는 생각까지 하고 있다면 그 사람은 정말 대단한 사람입니다. 백인 남성이 흑인 여성의 입장에서 역지사지易地思之할 수 있다면 그건 그가 끊임없이 성찰하는 사람이라는 것을 말해주는 것입니다.

 그에 반해 이방인이나 소수자는 자연스레 다른 생각, 다른 관점을 갖게 됩니다. 특별한 노력을 하지 않고도 말입니다. 존재 자체의 성격 때문이지요. 나는 사회학이 기본적으로 '관점의 학문'이라 주장하는데, 사회학 공부를 전혀 하지 않은 사람도 어떤 면에서건 자신의 이방인성, 소수성을 인식하고 있는 사람은 사회학 공부를 잘할 수 있는 아주 훌륭한 출발점을 이미 갖고 있는 셈입니다. 존재적으로 '다른 시선'을 갖고 있으니까요. 그래서 나는 이방인이라는 말도, 소수자라는 말도 참 좋아합니다. 이방인성性, 소수자성性을 갖고 있는 학생들을 만나는 일도 반가운 일이지요. 이방인으로, 소수자로 산다는 일, 외로운 일일 수 있지만 자신만의 위치에서 자신만의 사유를 할 수 있으니까요.

여행자도 마찬가지입니다. 여행자는 이방인이자 소수자를 자처하는 사람이지요. 서로는 '근친관계'에 있습니다. 그는 이방인이나 소수자처럼 '존재적 관찰자'입니다. 세상에 대해, 마침내는 자기 자신에 대해서도 오래, 깊이, 자세히 관찰하게 되지요. 하여 여행자로 사는 일 또한 이방인이나 소수자로 사는 일처럼 조금 외로운 일이기도 하나 자유롭고 신나는 일이기도 합니다. 이것이 내가 이방인, 소수자 그리고 여행자라는 말을 사랑하는 이유이기도 합니다.

대단한 노력을 하지 않아도 여행을 하는 한, 그 사람은 적어도 어느 정도는 '성찰적'인 사람이 됩니다. 별나게 남다른 생각을 하려 하지 않아도 어느 정도는 창의적인 사람이 됩니다. 이방인이자 소수자인 여행자는 생각을 많이, 그리고 다르게 하지 않을 도리가 없거든요. 아주 논리적인 주장입니다. 여행을 하며 다른 인생을 살게 되었다는 사람들, 다른 인생을 살고 싶어 여행을 한다는 사람들, 다 이유가 있는 겁니다.

이런 여행자의 시선은 사회학자의 시선과 많이 닮아 있습니다. 성찰적이고 창의적인 사람이 되고 싶으십니까? 여행을 하십시오, 아니면 사회학을 공부하시거나요. 이것이 내가 사회학 공부를 '사유여행'이라고 부르는 이유입니다.

도시인의 자격

도시에 산다고 다 도시인일까요? 내가 보기에는 도시에 너무 많은 '촌놈'들이 삽니다. 여기서 촌놈이라는 호칭은 비하 용어가 아니라는 점을 분명히 합니다. 시골에 사는 사람들에게 시골사람 스러움이라는 장점이 있다면, 도시에 사는 사람들에게도 도시인 스러운 장점이 있어야 할 텐데 그렇지 못함을 아쉬워함입니다.

나는 도시에 사는 데 일종의 '자격'이 필요하다고 생각합니다. 그 자격의 조건은 대충 이런 것들입니다. 개방성, 포용성, 역동성……. 이것은 사실 도시의 특성이니 도시에 사는 사람들이 자연스레 갖게 되는 덕목이어야 마땅할 것 같은데 실상은 그렇지 않은 경우가 적잖은 것 같습니다.

시골은 도시에 비해 상대적으로 지속성, 안정성, 편안함…… 이런 특성을 가지고 있다고 본다면, 내가 늘 의아하게 생각하는 것은 우리나라 인구 대다수가 도시에 살고 싶어 한다는데 그 사람들의 생활습성이나 삶의 태도는 오히려 왜 시골에 더 가까워 보이는가 하는 겁니다.

　도시에 살길 원한다면서, 도시가 좋다면서, 실제로는 그 도시 안에서 '촌놈'처럼 사는 사람들의 모습이 좀 안타깝습니다. 만나는 사람들만 만나고, 다니는 길만 다니고, 가는 식당에만 가고, 주말에는 TV 리모컨만 돌리면서 사람들은 도대체 왜 도시에 살고 싶어 하는 걸까요?(취업문제 등 사회구조적인 상황은 제외하고 개인적 습성 차원에서 이야기하는 것이니 이해 바랍니다.)

　도시는 본질적으로 변화의 상징. 그 안에 사는 사람들은 변화를 기꺼이 살아내는 사람이어야 할 겁니다. 도시는 이질적이고 다양한 것들이 어울려 만들어내는 역동성이 생명입니다. 외국인은 말할 것도 없고, 여러 지역에서 온 다양한 성격의 사람들이 끊임없이 들고 나야 도시가 도시다워지는 법. 성소수자에 대한 개방성, 소위 '게이 지수'라는 것으로 창의적인 도시 순위를 매기는 것도 까닭이 있는 것입니다. 도시의 개방성과 포용성, 역동성을 살아낼 마음의 준비가 되어 있는 사람. 나는 그런 사람이 도시인이 될 자격이 있다고 생각합니다.

　좀 뜬금없는 얘기 같지만, 나는 내 직장이 있는 지역인 대구말을 열심히 배우지 않(았)습니다. 일단은 게으르고, '내지인'이 될 의지도 없습니다. 대구에서 나서 자라지 않았고, 최소한 대구에서 고등학교나 대학을 나왔어야 했는데 그것이 아니니, 내가 원한다 해도 '진성 대구사람'이 되긴 어려울 듯합니다. 나는 괜찮습니다. 어차피 내겐 '이방인'의 삶이 나쁘지 않습니다.

그리고 변명 같지만, 일종의 '실험' 비슷한 것이기도 합니다. 늘 의아했거든요. 인구 200만 명이 넘는 도시에서 조금 다른 억양의 한국말을 쓰는 사람이 있다고 해서 그것이 매번 '외지에서 오셨나 봐요'라고 확인해야 하는 일인지를. 사람들이 일상에서 '외지에서 온 사람' 여부를 확인하는 것은 아마도 외지에서 온 사람이 대구에 많지 않다는 얘기일 수도 있다고 나는 생각합니다. 매일매일 경험하는 일상적인 일이라면 굳이 확인하려 할까요? 귀찮아서라도 못 하지 싶습니다.(통계적으로 확인한 바 없지만, 나는 통계보다 일상의 경험치를 자주 더 신뢰하는 편입니다.)

대관령 면에서 나는 '외지에서 왔느냐'는 이야기를 대구에서 보다 적게 듣는 것 같습니다. 이곳이 규모로는 대구보다 턱없이 작은 곳이나 관광지인 까닭이 크겠지요. 시간이 갈수록 대구에서도 그런 질문을 받는 빈도수가 줄어드는 것을 체감합니다. 좋은 일이라고 생각합니다. 누구도 내 '정체성'을 확인하려 드는 일이 없는 대구를 희망합니다. 그것이 진정 대구가 내걸고 있는 슬로건대로 '컬러풀 대구'가 되는 날이라고 믿기 때문입니다.

그날이 오면 내게 소중한 의미인 내 학생들의 말, 대구말·경상도말을 본격적으로 배워볼까 합니다. '도시인의 자격', 그것은 사는 장소의 문제가 아니라 태도의 문제일 겁니다. 21세기를 살아가는 우리 모두에게 필요한 태도 말입니다.

같이 놀아야 제맛, '대관령북캉스'

이상하게 들릴지 모르지만, 나는 여행 다닐 때 가능하면 그곳의 (극)성수기나 축제 기간을 피하려고 노력합니다. 막힌 길에서 시간 다 보내고, 사람 구경만 하다 올 바에는 가지 않는 것이 낫다고 생각해서입니다. 예를 들어 나도 꽃구경 남 못지않게 좋아하지만 구례 산수유꽃축제, 진해 벚꽃축제 등을 가본 적은 없고, 앞으로도 갈 생각이 없습니다.

7월 초만 해도 대관령은 한적했는데 7월 말 이후에는 마치 '개학한 학교' 같습니다. 단체로 온 분들도 많고 전지훈련 온 운동선수들까지 있어 갑자기 북적북적합니다. 그래서 개인적으로는 살짝 싫기도 합니다만 대신에 재미있는 일들이 여기저기서 쏟아지고 있습니다. 성수기의 장점이 있네요. 게다가 워낙 인구밀도가 낮은 곳이어서 그런지 외지 사람들이 몰린다 해도 '참을 만한' 정도입니다.

굵직굵직한 행사만 해도 여러 개입니다. 그중의 맏이는 2004년에 시작되어 벌써 제16회째가 된 '평창대관령음악제'. 그 외에도 2013년도 평창스페셜올림픽 동계대회를 계기로 시작된 제7회 '평창스페셜뮤직&아트페스티벌', 2018년도 평창올림픽을 계기로 기획된 '평창평화뮤직페스티벌'과 '평창남북평화영화제' 등. 그리고 각종 체육행사도 열립니다.

평창대관령음악제에서는 메인 공연 외에도 찾아가는 음악회를 강원도 곳곳에서 마련하고 있어서 부지런을 떨면 무료로 김선욱, 손열음, 주미강 등의 정상급 클래식 연주자들 공연을 시리즈로 보는 호사를 누릴 수 있었습니다. 평창동계올림픽 스타디움 부지에서 열린 평창평화뮤직페스티벌은 '영수증 콘서트(강원도 지역에서 사용한 영수증을 가지고 오면 할인 혜택)'로 기획되어서 결과적으로는 거의 무료로 공연을 볼 수 있었는데 가수 윤도현, 거미, 김범수 등의 라이브 무대가 펼쳐졌지요.

올림픽이 열렸던 평창을 평화의 상징으로 만들려는 시도의 일환인 것 같은데 비슷한 제목의 평창남북평화영화제도 첫 행사가 마련되었습니다. 영화제는 이제 첫발을 뗐을 뿐이니 갈 길이 멀어 보이지만 의미도 재미도 있는 행사로 자리매김하게 되길 빕니다. 평창스페셜뮤직&아트페스티벌에 대한 아쉬움도 앞에서 잠깐 말씀드렸습니다만 모쪼록 국민의 세금이 잘 쓰이길 바랍니다.

근처 대형 리조트들의 각종 위락시설도 본격 가동을 시작했고, 독자적으로 또는 지자체나 기업 등과 함께 주말마다 유명 가수 (무료)공연을 엽니다. 일정 챙겨 놀러 다니기도 바쁠 지경입니다. 대관령 지역민들 말씀으로는 점점 여름이 겨울보다 더 성수기가 되어가고 있다고 합니다. 평창의 여름 가치를 알아보는 분들이 늘어나고 있나 봅니다.

개인적으로는 살짝 걱정이지만 그래도 고요할 때는 고요한 대로 좋았지만, 복닥복닥 재미있는 일들이 많이 열리니 그건 그것대로 좋네요. 나 혼자를 위해서야 누가 이런 큰일들을 기획해 주겠습니까? 역시 노는 건 같이 놀아야 더 재미있습니다! 재미있는 일을 도모하는 사람들 옆에 잘 붙어있기만 해도 잘 놀 수 있습니다.

호기심과 오지랖으로는 둘째가라면 서러운 나는 대관령에 와서 지내다 보니 이런저런 아이디어들이 솟아납니다. 아, 이런 행사는 이렇게 했으면 더 좋겠다, 이런 콘텐츠는 어떨까, 이런 부분은 좀 아쉽다 등등. 해서 같이 더 잘 놀 수 있는 새 아이템도 구상했습니다. 이름 하여 '대관령북캉스'! 이 아이디어를 떠올리고 나서 쾌재를 불렀습니다. 그냥 혼자 생각만으로도 신이 나서요. 내 전공이 이래 봬도 '문화사회학'입니다.

우선 이런 생각에 다다른 경로부터 잠시 생각해보죠. 나는 직업병 비슷하게 각 지역의 책방, 도서관, 학교 등을 꼭 찾아다니는데 이곳 횡계에는 아쉽게도 서점이 하나도 없다는 것을 금방 눈치챘고, 많이 아쉬웠습니다. 고등학교까지 있는 곳인데……. 면사무소 옆 작은 군립도서관도 2018년에야 생겼다고 하더라고요. 생각이 이어지며 이곳에서는 여름에 크고 작은 문화행사들이 줄지어 열리는데 인문사회 콘텐츠는 턱없이 부족하다는 데 생각이 미쳤습니다. 이곳이 올림픽이 열렸던 곳이라 마을 규모와는 비교가 되지 않을 정도로 넓은 광장이 조성되어 있다는 것도 내 상상력을 자극했습니다. 이곳에서 큰 책판을 벌여 봐도 좋겠다 싶었습니다.

책 행사는 음악, 미술, 영화, 이런 행사들보다 비용도 많이 들지 않을 것 같습니다. 그것도 큰 장점이지요! 돈을 크게 안 들이고 토목공사 없이 적극적인 마음과 아이디어로 만들어갈 수 있는 '일상의 문화운동'에 관심이 많은지라 내심 뿌듯했습니다. 그리고 생각할수록 머릿속에서 다양한 아이디어들이 계속 연결되는 신기한 경험을 했습니다.

게다가 이곳 여름 날씨는 야외에서 책읽기에도 '딱'인 그 정도 날씨입니다. 평지의 따끈한 6월 말 정도? 해만 좀 기울면 시원한 바람이 붑니다. 2019년 8월 10일 20시, 김연우 야외 콘서트장. 시계탑의 온도는 21도. 믿어지시나요? 휴가철마다 책을 소개하는 매체들도 많지만 35도를 넘나드는 날씨에 책이 눈에 들어올까요?

그리고 아시겠지만 에어컨 바람 쐬며 하는 독서와 자연 바람 맞으며 하는 독서는 질적으로 다르지요. 설사 비 오는 날이라 해도 야외 텐트에서 책읽기, 운치 있지 않을까요?

각자 편한 대로 누워서 앉아서 서서, 책도 읽고 토론도 하고, 중고책도 사고팔고, 출판사 부스 구경도 하고, 개성 있는 전국 작은 도서관이나 독립서점들의 컬렉션 구경도 하고…….

출판사 부스 / 독립서점 부스 / 강원도 관련 책과 작가 부스 / 대관령 소재 책, 서화, 사진 등의 부스 / 개인 중고서적 매매 부스(책 플리마켓) / 작가강연회 / 즉석 독서토론회 / 책을 소재로 한 작품(공예, 미술 등) 전시회 / 독후감 발표회 / 시 낭송회 / 대관령 시 짓기대회 / 24시간 연속 책읽기대회…….

물론 아주 맛있는 커피도 한 잔. 텐트는 중심 텐트에서 개미집 연결되듯 방사선으로 치면 좋을 듯합니다. 날씨에 영향을 크게 받지 않도록 회랑 개념도 이용하고 주변 건물과 연결하면 좋겠습니다. 그런데 다른 아무 부대행사들이 없더라도 예컨대 500명의 사람이 사방이 초록인 광장에서 책을 읽는 풍경, 그 자체가 근사한 풍경이지 않을까요?

내 눈치를 보며 거짓 반응을 하진 않을 주변에 물어보아도 다들 좋은 아이디어라고 합니다. 물론 아이디어만으로 되는 일은 없지만 그래도 아이디어가 있어야 시작이 되는 법. 더 신이 나서 여기저기 떠들고 다녔습니다. 평창군청에 연락을 해야 하나, 아님 대관령면사무소, 강원문화재단? 이러고 있던 차에 '대관령면 농촌중심지활성화사업 추진위원회(횡계 플리마켓도 이곳에서 주관)' 위원장님과 연락이 닿았습니다. 승마 배우러 갔다가 챙긴 인맥으로요. 고맙게도 위원장님이 좋은 아이디어 같다고 받아주셔서 본격시동을 걸 수 있게 되었습니다.

아주 신이 납니다. 이럴 땐 사람들이 좀 많이 모여야겠죠? 잔칫집엔 뭐니 뭐니 해도 사람이 가장 큰 부조입니다. 그리고 나는 이제 '평창군 명예군민' 신청을 해야 할 것 같습니다.

내가 '짓는' 행복

우리말의 짓다, 라는 말을 좋아합니다. 나의 노동을 들여 삶에 유용한 뭔가를 차근차근 만들어내는 느낌이 좋습니다. 영어의 빌드build나 독일어의 바우엔bauen이라는 단어로는, 내게 '짓다'라는 우리말이 주는 느낌이 충분히 다가오질 않습니다.

우리는 밥도 짓고, 옷도 짓고, 집도 짓습니다. 인생사 가장 기본적인 세 가지를 모두 짓는다고 표현하는 겁니다. 내가 아는 언어 중 의식주를 모두 이렇게 하나의 동사로 표현할 수 있는 경우는 없습니다. '짓다'라는 우리말 표현이 더 특별하게 느껴지는 이유입니다. 우리 인생에 중요한 것들은 스스로 지어야 하는 것이라는 생각이 담긴 것이 아닐까 거창한 의미를 담아봅니다. 우리말은 글도 짓는다고 하는데 그것으로 미루어보면 글 짓는 일도 인생에 있어 굉장히 중요한 일이 아닌가 합니다.

그러면서 뭔가 '짓는 사람'이 되고 싶다, 되어야겠다라는 다짐도 하는데 우선 되는 대로 짓다라는 동사를 붙여서 이 말, 저 말 만들어보곤 합니다. 복 받으세요라는 흔한 새해 인사말도 복은 받는 것이 아니라 짓는 것이라고 우기며, 복 받기를 빌지 말고, 복 많이 짓는 한 해가 되길 빌자고 합니다. 일상의 행복 또한 주어지는 것이 아니라 내가 지어야 하는 것이라 생각합니다.

나는 몇 가지 일들을 '놓치면서' 이 여행을 선택했고, 그 선택에 대한 책임을 지고 있는 중입니다. 내가 이 여행 중에 행복을 짓고 있다는 강력한 느낌이 있습니다. 단지 직업적 일의 중지 때문만이 아니라, 내가 이렇게도 만족스러운 느낌을 지속적으로 가진 적이 언제였는지 기억이 나지 않을 정도로 좋습니다. 김훈 선생님이 글쓰기를 위해 경북 울진에 머무르셨을 때 그러셨다는 것처럼 "매 순간 새로워서" "새로운 것들을 맞느라고" 빈둥대며 너무 바쁩니다. 일을 점점 하기 싫어지는 것이 유일한 단점이라면 단점입니다.

일상의 공간을 떠나 있으니 자연스레 많은 것들이 탈각되었고, 이곳에서는 몇몇 일들에 집중하게 됩니다. 물론 일상의 공간에 두고 온 일과 사람들이 종종 내 뒷덜미를 잡긴 하지만, 미안한 마음 무릅쓰고 애써 외면하는 중입니다. 한 선생님의 응원문자가 큰 위로가 되었습니다.

"사바 세계 일은 저희들에게 맡기고 일하고 싶을 때까지 푹 쉬어 보세요!"

물론 이런 말 다 믿으면 안 되겠지만 뻔뻔하게 믿으려 합니다.

독일말로 하면 약간의 샤덴프로이데Schadenfreude(다른 사람의 실수나 곤경 등을 즐김, 뭐 그런 비슷한 표현입니다. '사촌이 땅을 사면 배가 아프다'는 말을 뒤집는다 생각하면 되겠네요. 말하자면 이 폭염에 나는 창문을 닫고도, 에어컨 없이도 단잠을 잘 수 있는 그런 상황에서 사용할 수 있겠지요.)를 느낄 정도로 지금 여기서 살 만하기 때문입니다. 사실 여기서도 이런저런 치료를 받고 있고, 몸에 있는 병적 증상들이 사라진 것은 아닙니다. 그런데 희한하게도 훨씬 견딜 만합니다. 병이 나은 것도 아닌데 말입니다. 똑같은 상황도 나의 정신적 상태에 따라 견딜 만하기도 하고 또는 그렇지 않을 수도 있다는 놀라운 체험을 하고 있는 셈입니다.

아마 여행지에서의 행복감 때문에 그런 것이 아닌가 싶습니다. 일단 무엇보다 열대야 없는 날씨, 이것 자체로 축복입니다. 앞으로 더 날씨 타령하며 살게 되지 싶습니다. 충만해 터질 것 같은 8월의 초록이 건네주는 위로도 큽니다. 운동화를 차에다 싣고 다니면서 아무 때나 아무 곳에서나 걸을 수 있는 것도 참 좋습니다. 바다, 보고 싶으면 차로 30분이면 됩니다.

내 차가 오픈카는 아니지만 신호등 자체가 거의 없는 길에서 차 창문을 활짝 열고 큰 소리로 음악을 듣는 즐거움도 생각보다 크네요. 길에서 다른 차들과 사람들을 신경 쓰지 않아도 되는 것이 얼마나 좋은지요. 여행객이라는 핑계로 평소보다 편안한 복장으로 쏘다니는 것도 신납니다. 무슨 일을 하든 기다릴 필요가 거의 없다는 것도, 특별한 몇 가지를 제외하고는 기본적인 일상이 멀지 않은 고만고만한 공간 내에서 다 해결되는 것도 생활의 만족도를 높여줍니다. 슈퍼마켓 옆에 세탁소, 그 옆에 떡집, 그 옆에 자동차정비소, 그 옆에 중국집……. 규모가 크지 않고 선택지가 많지는 않지만 그래서 삶이 단순해지는 장점이 있고, 사람살이에 필요한 기본적인 것들은 어차피 다 있으니까요. 거의 모든 공간이 그저 쑥 들어가면 되는 1층인 것도 아주 좋습니다. 마음만 먹으면 매일 치료와 운동에 시간을 낼 수 있으니 이것도 감사한 일. 게다가 길만 나서면 새로운 사람, 새로운 공간을 만나니 이 또한 아니 반가운지요.

맞다, '일상의 행복감'이라는 것이 원래 이런 것이었지. 그랬구나, 이리저리 치어 살면서 내가 잊고 있던 감정이 있었구나, 하는 것을 다시 깨닫습니다. 일 년에 한두 달 휴가를 보내는 것이 우리보다는 훨씬 일상적인 유럽에서 사람들이 휴가를 기다리며, 휴가를 위해 일을 한다고 말하던 그 느낌이 이런 것이었겠다, 이제야 한 뼘 더 공감하게 됩니다.

이렇게 여기서 나는 나의 행복을 짓고 있습니다.

3장
길 위에서
대관령, 여행을 돌아보다

몸이 움직였다고 자동적으로 여행을 하게 되는 것은
아니지 싶습니다. 여행은 또 하나의 세계를 얻는 것,
또 하나의 지평을 여는 것,
그것은 빈손이어야 얻을 수 있지요.
내 세계의 어느 것도 내려놓지 않고,
두 손 꼭 쥐고 하는 여행은
여행이 아니라고 주장하고 싶습니다.

제주 올레 유감

'겁'에도 종류와 한계총량이 있나 봅니다. 나는 벌레라면 기겁을 하고 귀신 나오는 영화나 서로 죽고 죽이는 영화 같은 것은 볼 생각을 안 하는 사람입니다만, 길을 헤매거나 예상하지 못했던 일이 생기는 것 등에 대해서는 별로 겁이 안 납니다. 새로운 사람을 만나는 것에 대해서도 겁이 없는 편이지요. 그래서 혼자서도 잘 돌아다니나 봅니다.

홀로여행 중이라는 것을 알게 된 사람들의 반응은 크게 세 가지 정도 됩니다. 신기하다, 대단하다, 걱정된다. 걱정은 다시 두 가지로 나뉘는데 하나는 심심하고 외롭지 않느냐는 것. 또 하나는 무섭지 않느냐는 것. 둘 다, 나한테는 해당사항이 없습니다.

사실 나는 꽤 수다쟁이로 보이는(?) 사람이라, 혼자 잘 못 있을 것 같다는 얘기를 종종 듣습니다. 아니 그렇게 사람 좋아하고 수다 떨기 좋아하면서 혼자는 무슨, 뭐 이런 반응이지요. 그런데 혹시 들어보셨나요? 개그맨들이 집에서 과묵하다는 뭐 그런 얘기.

전 뭔지 알 것 같습니다. 사람의 에너지라는 것도 무한정은 아니어서 충전의 시간이 필요합니다. 결론적으로 나는 혼자서도 비교적 잘 지내는 편이고, 혼자인 시간을 필요로 하는 사람이기도 합니다. 어디선가 혼자 잘 사는 사람이 같이도 잘 산다는 그 말에 동의해주고 싶습니다.

무서움에 대해서라면, 물론 무서울 때가 있지요. 어쩌다 깜깜한 밤 산길을 운전하게 되면 차라고는 한 대도 지나가지 않는 상황에서 차가 불쑥 나타나도 무섭고, 외진 길에서 길을 잃고 헤맬 때는 사람이 있어도, 없어도 무섭습니다. 내가 이런 경험을 하면서 나는 왜, 도대체, 라는 성찰을 통해 얻은 생활명언이 또 하나 있습니다.

'호기심이 두려움을 이긴다.'

무서움이나 두려움이 없는 것이 아니라 그럼에도 불구하고 궁금한 거지요. 여기 대관령에서도 참을 수 없는 호기심으로 길이라는 길은 다 들어가 보는데 얼마 전에는 비에 물러진 흙길에서 차바퀴가 헛도는 아찔한 경험을 했네요. 10여 분을 고생하다 다행히 무사히 빠져 나왔습니다. 차가 흙탕물 범벅이 되긴 했습니다만.

그러고 보면 나는 홀로여행을 하기에 최적화된 사람인지도 모릅니다. 몸이 튼튼하지 않다는 것만 빼면 말입니다. 뭐 그것도 여행의 속도와 강도를 낮추면 되니 큰 문제는 아닙니다. 문제라면 걷기 시작하면 계속 걷는다는 거죠! 가도 가도 길이 있으니 계속 가고 싶은 욕망(?)에 사로잡힙니다. 날이 저물거나, 다리나 발에 탈이 나야 브레이크가 걸립니다.

그런데 또 하나 희한한 것이 남이 알려주는 길은 잘 안 갑니다. 시원찮지만 내 감각을 믿고 보이는 대로, 마음이 가는 대로 휘적휘적 걷는 것을 좋아합니다. 길 안내판이 있으면 안내판이 없는 다른 편 길은 어떤 길인가가 더 궁금해지는 청개구리지요.

제주 뚜벅이 여행을 많이 했습니다. 제주 올레가 생기기 훨씬 이전부터. 차를 렌탈하지 않으니 제주에서는 뚜벅이일 수밖에 없었지요. 구석구석 동네길, 산길, 들길 가리지 않고 많이도 쏘다녔습니다. 그 유명한 제주 바람도 엄청 많이 맞았지요.

그러면서 내가 찾은, 내가 좋아하는 '나만의 올레들'이 있었습니다. 그런데 어느 날, 제주올레가 생겼고 유명세를 타면서 사람들은 1코스를 걸었네, 몇 코스가 제일 좋네, 완주했네……, 이런 말들을 하기 시작했습니다. 제주를 걸었다고 말하면 사람들이 내게도 묻곤 했습니다. 몇 코스를 걸었냐고, 어떤 코스가 좋더냐고. 코스 자체를 알지도 못하고 신경도 쓰지 않는 사람이라 매번 대충 뭉개고 넘어갔지만 올레길 안내를 따라 착실하게 걷는 사람들을 보며 뭔가 불편한 마음이 계속 있었습니다. 물론 압니다. 올레길의 개발과 운용이 나름의 큰 의미가 있다는 것을. 그리고 '걷기교도'의 한 사람으로서 보다 많은 사람들이 걷기의 즐거움에 대해 알게 된 것 같아 기분이 좋기도 합니다.

하지만 제주 올레길뿐만 아니라 이후 우후죽순처럼 생겨난 수많은 트레킹 모두 마찬가지입니다만, 내게 이리로 저리로 가야 한다는 '지시'를 하는 것 같아 자꾸 삐딱한 마음이 생깁니다. 길을 헤맬 일이 없어진다는 것도 대단히 유감입니다.

지난 제주 여행 때 있었던 일입니다. 아침나절 서귀포 보목동 산책을 나섰습니다. 평소대로 보이는 대로, 마음 가는 대로 걷고 있었지요. 작은 삼거리 어귀에 있는 구멍가게 앞에 주인으로 보이는 여자분과 손님 두 분이 앉아 계셨습니다. 그분들은 앞 다투어 길을 가는 나를 붙들어 세우고 그쪽으로 가면 안 된다며 이쪽으로 가야 한다고 '아주 친절하게' 알려주셨습니다. 행색을 보아 하니 여행객인데 왜 올레길이 아닌 방향으로 가냐는 걱정 때문이셨죠. 그때 나도 '아주 친절하게' 대답을 했어야 했는데 그만, 살짝 불편한 기색을 말투에 드러내고 말았습니다.

"저는 이쪽으로 가고 싶은데요. 그러면 안 되나요?"

물론 그분들에게는 아무 유감없었습니다. 마음 써주시니 감사한 일이지요. 다만 그동안 쌓여왔던 것들이 튀어나오고 말았지요.

제주 올레가 생기고 나서 사람들이 여기저기서 간섭(걱정)을 합니다. 이리로 가세요, 저리로 가세요. 그분들의 고마운 마음은 물론 충분히 이해가 되면서도 저런(!) 나는 내 맘대로 걷지도 못하게 되었습니다. 사회학자의 과대망상증일지 모르지만 그럴 때마다 정해진 길을 따라갈 것을 요구하는 우리 사회의 모습이 스쳐 지나갑니다. 여행객은 올레길(만)을 걸어야 하나요? 정해진 길을 걷는 것이 항상 가장 안전할까요? 이미 나있는 길을 따라 걷는 것이 항상 가장 좋은 선택일까요?

노파심에 다시 말하지만, 나는 제주 올레가 불을 붙인 걷기 열풍에 유감은커녕 감사하는 마음이 더 큽니다. 허나 약간의 부작용이 있다는 것은 말하고 싶습니다. 올레길을 처음 제안한 사단법인 제주올레 서명숙 이사장은 산티아고 길을 걷고 나서 고향에 새 길을 낸 사람이지만, 다른 사람들은 그저 그 길을 따라 걷고 있는 것일지도 모르니 그렇다면 그것은 살짝 유감입니다.

그리고 나는 그런 사람이고 싶진 않습니다. 길을 따라가는 사람이 있고 길을 만드는 사람이 있다면, 나는 길을 만드는 사람이고 싶습니다. 아니 잘났든 못났든 나는 길을 만들어야 하는 사람입니다. 그러다 보니 내 다리도, 내 차도 꼴이 말이 아닙니다.

누구나 내 밥은 내가 먹어야 하고, 내 길은 내가 걸어야 하는 법이니 그것은 내 개인적인 문제만은 아닌 듯합니다. '올레 주체적으로 걷기 운동'이라도 해야 할까요? 나는 이곳 대관령의 수많은 트레킹 안내도 그저 기본적인 안내로 감사히 읽고 참고하면서 아주 주체적으로, 내가 가고 싶은 대로 걷고 있습니다. 주체성 부족한 인간이 주체성 '시위'하는 것으로 생각하셔도…….

길 위에서, 길에 대해

·

길은 끝없이 길어서 길인가요? 어원은 모릅니다만 굳이 확인하고 싶지 않습니다. 그저 어쩐지 길은 계속되고, 이어질 것 같은 그 느낌이 좋습니다. 길의 끝은 어디인지, 길은 어디로 연결되는지 늘 궁금합니다. 분주한 일상 중에야 어렵지만 여행 중에는 자동차로든 걸어서든 갈 수 있는 길이면 어디든 다 가보고 싶은 욕구가 생깁니다. 키 크고 잘생긴 가로수가 줄지어 선 좁고 곧고 긴 길은 특히나 매혹적입니다. 뭔가 다른 세계의 입구로 접어드는 느낌이지요. 궁금하면 일단 들어가 보는 겁니다. 그 끝이 가끔은 막다른 길목이기도 하고, 군부대이기도 하지만요.(최근 강릉에서 끝없이 쭉 뻗은 길에 마음을 뺏겨 무작정 들어갔더니 공군부대더군요. 비상용 활주로였을까요?)

내 자동차 내비게이션은 거의 '폼'이지만 그래도 가끔은 막다른 길을 빠져나올 때 도움을 주기도 하니 고마운 물건입니다. 예전엔 내비게이션도 없이 오만 곳을 돌아다니다 고생 많이도 했지요. 가도 가도 끝이 없는 길, 갑자기 뚝 끊기거나 막히는 길, 길이 좁고 험해서 길이 맞긴 한 건지 의심스러운 길, 어디로 가야 하는지 잘 모르겠는 갈림길. 이렇게 우연으로 또는 필연으로 만나게 되는 다양한 길 위에서 길의 의미에 대해 생각하게 됩니다.

우리는 살면서 종종 끝이 없을 것 같은 길에 서게 됩니다. 예기치 않은 갈림길 앞에 서게도 되지요. 계속 갈 것인지 말 것인지, 더 평탄하고 빠를 것 같은 길을 택할 것인지, 험해 보이지만 왠지 마음이 가는 길을 택할 것인지 정해야 합니다. 충분한 정보가 없는 상태에서 어떤 길을 가야 하는지 결정해야 하는 경우도 허다하게 많습니다. 길은 그렇게 인생길과 꼭 닮아 있고, 길의 의미에 대해 생각하는 일은 곧 삶의 의미에 대해 생각하는 일이 됩니다.

이럴 때 여행길에서건 인생길에서건, 늘 도종환 시인의 〈가지 않을 수 없었던 길〉이라는 시가 생각납니다. 아마 우리 누구에게나 가지 않을 수 없던 길이 있었을 겁니다. 미숙함 때문이었건, 판단 착오였건, 누군가의 조언을 따른 것이었건, 아니면 불구덩이인 줄 알면서도 의지적으로 선택한 길이었건, 피할 수 없던 길이 있었을 겁니다.

그런데 한 가지 분명한 사실은 어떤 이유에서였건 그것은 '나의 선택'이었다는 것입니다. 그리고 내가 지나온 모든 길에 대한 책임은 나에게 있다는 것입니다.

내가 걸어온 길을 부정하는 것은 나를 부정하는 일. 내가 차마 할 수 없는 일입니다. 자랑스럽고 뿌듯한 길, 아쉬움과 부끄러움 가득한 길, 나는 오늘도 길 위에 서서 그 모든 길이 나의 길이었음을 고백합니다. 도종환 시인의 시처럼 "내 앞에 있던 모든 길들이 나를 지나 지금 내 속에서 나를 이루고 있는 것"임을 고백합니다. 아쉬움과 부끄러움 가득한 길조차, 많이 돌아왔음에도 다시 그 자리인 것 같아 보이는 길조차 나를 키워온 길임을 고백합니다. 그리고 그 길을 걷지 않았더라면 만나지 못했을 고마운 사람들을 만났기에 그 모든 길을 사랑합니다.

다만 바라기는 내가 걸어온 길에서 부디 배운 것이 있었기를, 그리고 앞으로 내가 걸어가게 되는 길에는 조금, 아주 조금은 적은 아쉬움과 부끄러움이 함께하기를.

한번 가보지 뭐

길이 없는 것 같은 상황에서 크게 두 가지 유형의 사람이 있는 것 같습니다. 길이 없을 것 같으니 돌아가자는 유형, 길이 있을지도 모르니 일단 가보자는 유형. 나는 물론 후자입니다. 어떤 것이 더 나은지 얘기하려는 것은 아닙니다. 다만, 그것이 모호한 형태로라도 '삶의 태도'와 관련된 부분이 있지 않은가 하고, 내가 후자의 태도를 갖게 된 이유에 대해 잠시 생각해보고 싶습니다.

동해 쪽 감포라는 곳에서 가깝게 지내는 학생과 함께 산책 중이었는데, 고개를 쭉 빼고 앞에 놓인 좁고 굽은 바닷가 숲길을 내다보더니 나를 돌아보며 길이 없는 것 같아요, 라고 말했지요. 하지 않았지만 했던 말은 아마, 돌아가요, 일 겁니다. 내 대답은 그래도 혹시 길이 있을지 모르니 가보지 뭐, 그리 길지도 않을 것 같은데, 였습니다. 결과적으로 길은 있었습니다.

인생은 어차피 아직 가지 않은 길을 걸어가야 하는 것. 길이 있는지 없는지는 모두 추측, 추론에 불과한 것.(학생이 나한테 했던 이야기도 길이 없다, 가 아니고 길이 없을 것 같아요, 였지요.) 인생을 바라보는 태도는 아직 가보지 않은 길에 대한 태도와 관련있지 않을까요.

내가 처음부터 내 앞에 놓인 거의 모든 길을 일단 가보자는 마음이었던 것은 아닙니다. 여행 중에 배운 것이지요. 여행 중에 나는 늘 새로운 길을 만나고, 갈지 말지를 결정해야 했습니다. 갈래 길 중 끊임없이 선택을 해야 했지요. 말했듯 나는 길치인데다 지도도 잘 못 보고 심지어 지도 해독하는 것도 좋아하지 않습니다. 지도는 내게 그저 아름다운 그림입니다. 그러다 보니 눈에 보이는 것에 대한 내 판단을 믿는 방법밖에 없지요. 물론 길을 묻기도 하나 그 조언을 믿을지 말지에 대한 결정 또한 내가 해야 하니 결국 믿을 것은 나뿐입니다.

그렇게 무수한 길을 선택하는 중에 나는 어떤 길도 '나쁜 길'은 없다는, 거창하게 말하면 일종의 깨달음을 얻었습니다. 심지어 막힌 길이어서 긴 시간을 되돌아 나와야 했던 길조차 '의미'로 다가오는 경험을 반복 학습했습니다. 그 학습의 효과로 나는 세상의 모든 길, 곧은 길 굽은 길, 넓은 길 좁은 길, 막힌 길 갈래 길, 되돌아가는 길, 어떤 길 앞에서건 내 직감을 믿는 데 겁이 없어졌습니다. 어떤 길이어도 그 길에 의미가 있으리라는 믿음이 있으니 겁이 날 이유가 없는 것이지요.

51% 왼쪽으로 가고 싶으면 가고, 51% 돌아가고 싶으면 돌아갑니다. 탄복할 만큼 좋은 속담과 격언들이 많지만 '가다 중지하면 아니 간만 못하다'는 속담은 그래서 별로입니다. 끝까지 정진하라는 말의 취지야 이해하지만 가다 중지하면 간 만큼 남은 것이지, 왜 아니 간만 못하나요? 그저 내 마음에 솔직할 일입니다. 다만 아쉬운 것은 시간과 자원의 한계입니다.

가끔 돌아온 길에 대한 후회를 듣습니다. 학생들의 경우엔 대학과 전공에 대한 선택이 문제가 되는 경우가 많지요. 그런데 길을 돌아온 친구들을 보면, 나는 그 길에 분명 의미가 있었음을 매번 확인합니다. 예를 들어 전과했거나 편입한 친구들이 훨씬 더 즐겁게 열심히 사는 모습을 자주 봅니다. 돌아온 길이기에 자신이 의지적으로 한 결정이기에 남들은 '문송'(문과여서 죄송)이니 뭐니 하며 걱정스러운 시선을 보내기도 하지만 그 친구들은 아주 잘 지냅니다.

그렇다 해도 돌아온 시간은 '버린 시간' 아니냐고요? 적어도 내 눈엔 그런 시간은 없습니다. 돌고 돌아 같은 자리에 온 것 같아도 그 길은 어제의 그 길은 아니지요. 내가 '다른 사람'이기 때문입니다. 돌아왔기에 더 단단해졌다고 나는 생각합니다. 더구나 돌아오는 길 중에 그 친구들이 보고, 듣고, 배운 모든 것이 그들의 앞

날에 풍성한 자원이 될 것을 의심하지 않습니다.

그러니 어떤 큰 그림이 그려져 있지 않더라도 우리는 인생이라는 길도 잘 살아갈 수 있을 겁니다. 지금 내 앞에 있는 그 길을 갈지, 다른 길로 갈지, 잠시 머물러 있다 갈지, 그것만 결정하면 됩니다. 그리고 한 발 가는 거지요. 다른 갈래 길이 보인다면 거기서 다시 선택하면 됩니다. '다른 갈래길'은 내가 한 발 갔기 때문에 볼 수 있었던 길이라는 것을 잊지 않으면서요.

나는 대관령을 선택했지만 이곳에서의 삶을 다 내다볼 수는 없었습니다. 후회할지도 모른다는 생각이 전혀 없지는 않았습니다. 생각보다 잘 지낼 수 없을지도 모른다는 두려움도 있었습니다. 그럼에도 불구하고 선택했을 뿐입니다. 결과적으로 좋은 선택이었다고 생각하지만 그렇지 않았다 해도 나는 그것 또한 의미 있는 선택이었다고 생각했으리라는 것을 믿어 의심치 않습니다. 그것이 작은 삶, 여행에게서 내가 배운 겁니다.

나도 나름 소심한 겁쟁이입니다. 그러나 여행이, 어쩌면 남들이 보기에는 꽤 '용기 있는' 사람처럼 보이도록 만들어준 것인지도요. 누구는 대동여지도를 만든 김정호의 후손이냐고 묻던데 지도를 잘 보지는 못해도, 지도를 만드는 사람은 되었을 것도 같다는 말도 안 되는 생각이 듭니다.

나와 수업을 함께 하는 학생들은 이상한(어쩌면 '수상한') 강의 계획서를 접합니다. 여러 가지가 이상(수상)하지만, 그 중 하나가 아마 "우리 수업의 모토는 읽고 쓰기, 듣고 말하기 그리고 걷기"라는 문장일 겁니다. 무슨 토익 시험도 아니고. 하기야 읽고 쓰기, 듣고 말하기까지는 그렇다고 쳐도 뜬금없이 '걷기'라니 이건 도대체 뭐란 말입니까?

나는 '걷기예찬론'에 기꺼이 동의하는 1인입니다. 걷기예찬론은 충성심 높은 신도들을 꽤 많이 거느리고 있지요. '누우면 죽고 걸으면 산다' 계통의 건강서적부터 걷기에 대한 개인적 체험담을 거쳐 '걷기, 두 발로 사유하는 철학'류의 인문서적에 이르기까지 걷기에 관한 책들도 수없이 많습니다. 최근에는 영화배우 하정우 씨까지 걷기 책 저자 대열에 합류했더군요.

왜 걷기일까요? 몇 가지만 얘기해 보지요. 일단, 직립보행을 하기 시작하면서부터 '인간'이 탄생했다고 배웠던 기억, 아마 있으실 겁니다. 두 팔을 자유롭게 쓸 수 있게 되면서 문명적 삶이 가능해졌다고 보는 것이겠지요. 진화론적으로 보든 아니든 인간을 인간이게 하는, 인간이 할 수 있는 가장 기본적 활동 중 하나가 두 발로 걷기인 것은 분명해 보입니다. 하여 나는《걷기예찬》의 저자 다비드 르 브르통의 말, 걷기는 '인간이 세상과 만나는 가장 정직한 방법'이라는 것에 흔쾌히 동의합니다.

아마 그래서일 겁니다, 걷기가 대단히 심오한 영역에까지 도달할 수 있는 이유는 그것이 가장 기본적이고 보편적인 행위라는 것. 마치 생명 유지를 위해 필수불가결한 먹는 행위가 가톨릭 미사에서 우리의 죄를 대속하는 '예수의 살과 피'를 먹고 마시는 영적 행위로 승화되어 나타나는 것처럼 말입니다. 그리고 아마 그래서 많은 사람들이 삶의 벼랑에 섰다고 느낄 때 걷는 선택을 하는 것이 아닐까요? 내가 할 수 있는 것이 아무것도 없다고 느낄 때도 걸을 수는 있으니까요.(사고로 한 다리를 잃은 사람이 남미 대륙을 걸어 횡단했다는 놀라운 이야기를 최근 언론을 통해 접했습니다. 그 마음을 어찌 가벼이 헤아릴 수 있을까요.) 아무것도 필요하지 않습니다. 그저 길을 나서 걸으면 됩니다. 그저 많이 걸었을 뿐인데 사람들은 그 길에서 위로를 받고 치유되었음을 고백합니다. 원시적 생명력, 걷기의 놀라운 힘입니다.

나는 그 유명한 산티아고의 길을 걸어본 경험은 없지만(그리고 꼭 산티아고 길을 걸어야 하는 것도 아니겠지요.) 길을 나서면 발에 물집이 잡히도록 걸어 다니는 사람으로서 그 마음을 헤아릴 수 있을 것 같습니다. 단지 걸었을 뿐인데 그 길에 배움이 있고, 그 길에 인생이 있음을 경험으로 알게 되었기 때문입니다.

걷기는 자연스레 깊은 성찰로 우리를 이끕니다. 그래서 수많은 철학자들이 걸어 다녔던 것일까요? 걸으면 누구나 반半철학자가 되는 것도 같습니다.

걷는 자는 여행하는 자이고, 하여 여행의 본령은 걷기라고 나는 생각합니다. 그러니 걷는 모든 사람은 여행을 하는 중입니다. '인생은 나그네길'이라는 옛 가요의 명가사를 떠올려보면 우리는 모두 나그네길인 인생에서 걷는 중인지도 모릅니다.

그런데 장 보드리야르라는 문명비평가가 말했듯 우리는 더 이상 걷지 않고 대신 트레드밀을 탑니다. 그리고 많은 일들이 사이버 시공간에서 이루어지는 세상을 살고 있지요. 하지만 우리는 '아직은' 몸을 가지고 있고, 나는 많은 부분 몸이 정신에 영향을 미친다고 믿는, 몸으로 부딪히며 얻는 체험이 우리를 조금은 더 나은 사람으로 만들어줄 수 있다고 믿는 '구석 인간'입니다. 오로지 걷는 것만이 진정한 여행이라고 주장하는 사람들에게 동의의

한 표를 보내고 싶습니다. 비행기나 자동차로 여행하는 것이 여행이 아니라는 것은 아니지만, 아직 연필로 원고를 쓴다는 김훈 작가의 말을 원용해서 말하자면, 걷기는 내 온몸을 밀어가며 세상과 전면적으로 만나는 대체 불가능한 경험을 선사하기 때문입니다.

한 발은 한 발이고, 또 한 발은 또 한 발입니다. 걷기는 그렇게 세상과 온몸으로 만나는 가장 정직한 방법 중 적어도 하나라고 나는 믿습니다. 걸으며 만나는 세상의 밀도는 다른 동력을 빌려 이동하며 만나는 세상과 질적으로 다른 세상이라고 나는 믿습니다.

많은 시간을 스크린 앞에서 지내는 학생들에게 '걷기'라는, 듣도 보도 못한 희한한 과제를 선물하는 것도 걷기의 원시적 힘을 믿기 때문입니다. 다행히 나의 믿음이 학생들에게도 대부분 '작동'하는 것 같습니다. 걷기를 과제로 내줘야 하는 상황이 안타까우나 그러면 그런대로 할 수 있는 일은, 할 수 있다고 생각하는 일은 해야지 않겠는지요.

오늘은 진부면이라는 동네를 자박자박 구석구석 걸었습니다. 이제 그 동네도 '내 동네'가 되었습니다. 그런데 걷기가 여행이고, 여행이 인생이라면 그 길은 기본적으로 혼자 걸어야 하는, 혼자 걸을 수밖에 없는 길입니다. 물론 그 길에서 좋은 길동무를 만날 수 있는 행운을 자주(!) 기대할 수 있습니다.

진부에서도 그랬습니다. 씩씩한 동네 할머님들이 운영하시는 '청춘떡방'(카페)에서 와플을 하나 먹으려는데 와플 기계는 동시에 두 개를 구울 수 있고 나는 한 개만 맛보기로 사고 싶어서 살짝 죄송해하던 차에 꼬마 아이가 뛰어 들어와서 와플 하나를 주문합니다. 어찌나 반갑고 고맙던지요. 그 떡방에서 산 통밤 송편을 아이에게 감사의 뜻으로 선물했습니다. 할머니들께 들은 생활정보도 이곳에서 사는 데 도움이 될 것 같습니다. 아니 근사한 베이지색 베레모를 쓰고 밝은 모습으로 일을 하시는 할머니들의 모습 자체가 큰 선물이었습니다. 그분들의 모습은 나의 미래입니다.

발 문제도 있고, 몸도 쉬이 피곤해져 걷기도 예전처럼 할 수는 없지만 '걷기교도'인 나는 할 수 있는 한 계속 걸을 것이고 학생들에게도 계속 같이 걷자고 할 생각입니다. 기왕이면 이곳에서 더 많이 걸어야겠네요. 청춘떡방 할머님들 말씀이 공기가 맑아서 강원도 사람들이 건강하다시니 말입니다.

여행의 속도

여행에 '적정속도'가 있을까요? 느릴수록 좋다고 말할 수는 없을지 몰라도, 빠를수록 좋다고 생각하는 사람은 거의 없지 싶습니다. 여행의 목적이 보다 빠르게 멀리 이동하는 것에 있다고 보기는 어렵다면 말입니다.

여행에 적정속도라는 것이 있다면, 아마 음악으로 치면 안단테, 아다지오 정도 아닐까요? 여행의 성격까지 덧붙여 생각한다면 느리고 풍부하게라는 뜻을 지닌 '라르고'가 적당한 말이 아닐까도 싶습니다. 그래서 걷기여행은 '나쁜 여행'이기가 아주 어려울 것 같습니다. 누군가 걸어서 여행을 하고 있다면 그 길은 느리고 풍부하게 될 수밖에 없는 기본조건을 갖게 되기 때문입니다.

여행의 밀도로 치자면 걷기여행을 따라갈 수 있는 방법이 거의 없지 싶습니다. 그러니 어떤 여행이 좋은 여행인지, 어떻게 여행을 해야 할지 통 모르겠는 사람은 운동화 하나 챙겨 신고 일단 걷고 볼 일입니다.

그러나 모든 길을 걸어서 여행할 수는 없는 일. 교통수단을 이용한다면 한계 속도가 어느 정도일까요? 내 생각에는 국도 이용속도 정도가 아닌가 합니다. 이곳 대관령에서 지내는 동안의 내목표 중 하나가 가능한 한 고속도로를 타지 않는 것인 이유이기도한데 고속도로에서는 '이동'을 하는 것이지 여행을 한다는 느낌이희박합니다.

고속도로를 타면 30분이면 갈 강릉을 쉬엄쉬엄 2시간 길로 돌아서 다닙니다. 국도로 들어서기만 해도 주변을 돌아볼 여유가 생기고, 기회가 나면 샛길로 빠졌다 돌아오는 즐거움도 맛볼 수 있습니다. 길을 잘못 들어도 보통은 큰 문제가 아닙니다. 고속도로에서는 길 한번 잘못 들면 한두 시간쯤은 되돌아올 각오도 해야 하니 나 같은 어리바리 운전자는 바짝 긴장이 됩니다.

기차로 치자면 그나마 새마을호까지는 여행의 느낌이 좀 날지모르겠으나 고속열차에서는 '이동'의 느낌이 강하게 듭니다. 고속도로건 고속열차건 태생적으로 보다 먼 거리를 보다 짧은 시간에이동하고자 하는 목적으로 만들어진 것들이니 그것을 문제 삼자는 것은 아닙니다. 다만 우리가 여행을 하려는 것이라면, 보다 풍부한 여행을 하고자 한다면 속도를 늦추는 일은 꼭 필요해 보입니다. 내가 '정주형 여행'을 선호하는 이유 중 하나도 자연스레 속도를 늦출 수 있기 때문입니다. 속도가 늦춰져야 볼 수 있는 것들이,

보이는 것들이 있는 법입니다.

뛰면서 '사유'할 수 있으신가요? 수많은 철학자들이 걸었다는 이야기는 들었어도 뛰었다는 이야기는 들어본 적이 없습니다. 생각이 정리가 안 되고 마음이 복잡할 때 산책을 하면서 뭔가 편안해지면서 정리되는 느낌, 많은 사람들이 가지고 있을 겁니다. '직업적 철학자'가 아니더라도 거의 본능적으로 몸이 알고 있는 것 아닐까요?

'걷기의 속도와 사유의 속도가 같다'는 말에 깊이 공감합니다. 매일 차를 타고 지나던 길을 어쩌다 걸어보셨나요? 얼마나 많은 작은 것들을 우리가 보면서도 보지 못했었는지 금방 눈치채실 수 있을 겁니다. 어떤 꽃이 피고 졌는지, 어떤 가게가 생기고 없어졌는지, 어떤 이들이 그 길에서 삶을 영위하고 있는지…….

걷기의 속도로 여행을 하면 그 여정은 저절로 우리의 몸에 새겨집니다. 애써 기억하려 애쓰지 않아도, 사진이 없으면 아무것도 남지 않을까 걱정하지 않아도, 마음에 담깁니다.

여행의 밀도와 여행의 속도는 반비례하는 것을 이곳 대관령에서도 온몸으로 확인하는 중입니다.

심심하거나 또는 피곤하거나

아는 선생님 한 분이 인생은 심심하거나 피곤하거나, 둘 중 하나라고 하십니다. 그분 주장에 따르면 여자에게 남자도, 남자에게 여자도 마찬가지라네요. 심심하거나 피곤하거나. 후자는 잘 모르겠지만 전자는 곱씹을수록 그럴듯하다 싶습니다.

그 선생님의 분류법에 따르자면 아무래도 일상은 심심한 쪽에, 여행은 피곤한 쪽에 속하겠지요? 떠나고 싶어 하는 이들도 많고, 떠나는 사람을 부러워하는 이들도 많고, 여행지도 셀 수 없이 많지만 그리고 나 또한 늘 어디론가 떠나는 꿈을 꾸는 쪽에 가깝지만 사실 여행은 참 피곤한 일입니다. 일본 작가 무라카미 하루키도《하루키의 여행법》(문학사상사, 2013)이라는 책에서 "여행은 피곤한 것이며, 피곤하지 않은 여행은 여행이 아니"(P.67)라고까지 했지요.

여행을 계획하는 순간부터 모든 것이 일입니다. 아주 단순하게 생각하면 신분증과 약간의 돈만 있으면 되겠지만 실상은 자주 그렇지 않습니다. 언제 어디로 갈지를 정해야 하고, 원하는 곳에 조금 더 싸고 안락하게 가기 위해 비행기표나 기차표 등을 서둘러 예매해야 하고, 적당한 숙소를 찾아 인터넷을 헤매야 합니다.

장기여행일 때 상황은 더욱 복잡합니다. 쌓여 있는 업무도 미리미리 챙겨서 해놔야 하고, 신문, 우유 등도 일시 정지시켜야 하고, 과태료를 물 세금은 없는지도 살펴봐야 하고, 반려견 문제도 해결해야 하고, 화분들이 말라 죽지 않게 할 방도도 찾아야 합니다.

그 정도는 여행에 대한 기대감으로 참는다 해도 여행지에서 지내는 것도 만만치 않지요. 많은 것이 낯설고 불확실한 상황을 살아내야 하기 때문에 보통은 긴장 속에서 생활해야 합니다. 일상에서 지내는 시간보다 몇 배의 감각을 곤두세우기 때문에 그에 따른 피로감도 빠른 속도로 축적되기 마련입니다.

한 달의 여행 후, 마치 1년쯤 지난 것 같은 기분을 느끼셨나요? 아마도 여행 기간 중 생활의 밀도가 일상의 밀도보다 훨씬 조밀하기 때문이 아닌가 합니다. 누군가는 우리가 여행 후 일상으로 완전히 돌아오는 데 여행 기간의 2배 시간이 걸린다고 하는데 이 주장도 비슷한 맥락에서 이해 가능하지 싶습니다.

여행에서 돌아올 때마다 나는 "그래 맞아, 역시 여행은 피곤한 거야!" 500% 공감하면서 일상의 공간에서 편안함과 아늑함을 즐깁니다. 그러면서도 또 어디론가 떠나는 계획을 열심히 세우는 나를 봅니다. 여행 중에도 나는 다음 여행에 대한 꿈을 꿉니다. 벌써 머리가 아픕니다. 어디로 가지? 국내 여행을 할까, 아님 외국으로? 이번엔 해를 찾아 겨울 장기여행? 언제 어디를 가야 사람 고생을 덜할까?

어디론가 떠나는 것은 하나의 '매혹'임에 분명합니다. 이 모든 번잡스러움을 이겨내게 하니 말입니다. 그 매혹의 근거는 뭘까요? 사랑에 빠진 이에게 논리적 이유를 묻는다는 게 무의미한 것처럼, 여행에 빠져드는 이유를 묻는 것도 부질없는 일인지 모릅니다. 아마도 살기 위해 떠나야 했던 유목민의 DNA가 우리 모두에게 장착되어 있는 것인지도요.

분명한 여행의 매혹 하나는 여행이 우리를 다른 시공간으로 이동시키고, 그 이동의 결과로 생긴 자연스러운 물리적 거리 때문에 일상과의 정신적 단절을 가능하게 한다는 것입니다. 동일한 시간을 살고 있지만 이질적 시간을 살도록, 같은 하늘 아래 있지만 다른 하늘 아래 있게 해주는 마법을 보여주는 것입니다. 그 마법의 시공간에서 우리는 평소에 나를 꽁꽁 에워싸고 있었던 울타리를 넘어 다른 것을 보고, 다른 것을 생각하고, 다른 것을 느끼게 됩니다. 그리고 미처 보지 못하던 나 자신 또한 보게 되는 것이 아닐까요? 그래서 사람들이 여행을 '자기에게로 향하는 길'이라고 하는 것인지도 모릅니다.

나그네길은 평소 같으면 사치였을 '나는 누구이고 무엇을 향해 어디로 가고 있는가'와 같은 근원적인 질문에 편안하게 마주 설 수 있는 시간과 기회를 제공해 줍니다. 이것이 작가 장석주가 나그네길에 오르면 자기 영혼의 무게를 느끼게 된다고, 자기정리의 엄숙한 도정이 되는 여행이 단순한 취미일 수만은 없다고 강변하는 이유일 겁니다.

그리고 이런 여행이 되려면 혼자가 '기본값'이겠지요. 암튼 그래서라고 치지요. 내가 피곤한 홀로여행을 포기할 수 없는, 아니 떠나고자 하는 마음을 포기할 수 없는 이유를요.

일상은 심심해서 편안하고, 여행은 피곤해서 매혹적입니다. 그러니 다음 여행은 어디로 갈까요? '사서 고생'은 이런 때 쓰라고 있는 말입니다.

낯선 사람, 낯선 공간에 말 걸기

낯선 사람과 공간에 말 걸기를 좋아합니다. 그저 아주 단순한 궁금증일 뿐입니다. 사람과 공간이 어떤 이야기들을 가지고 지금 이 자리에 있는지 궁금합니다. 그것이 내가 여행을 좋아하는 이유 중 하나일 수 있겠네요.

사람 이야기 잠시 먼저 해 보지요. '사람책'이란 말을 하는데 나는 사람을 만날 때 그 사람책이 내게 말을 걸어오는 느낌을 받습니다. '표지 독서'를 하는 셈이고, 그 내용이 매우 궁금해지지요. 그래서 처음 만나는 사람들에게도 스스럼없이 말을 걸게 되는 것 같습니다. 이런 광경을 접한 내 지인들은 대개 놀라고 주의를 주기도 합니다. 조심하라고도 하고, 그 사람이 싫어할 수도 있다고 하지요.

나는 '나쁜 사람'은 어디에나 있지만 내가 알 재주는 없으니 지레 겁을 먹을 필요는 없다고 생각합니다. '좋은 사람'이 훨씬 더 많고, 사람은 사람일 뿐이라는 생각도 있지요. 나쁜 사람보다 좋은 사람이 훨씬 많다는 가정을 하면 말을 안 거는 것이 손해 보는 장사 아닌가요? 상대방이 거부 의사를 표하면 그것으로 된 거죠 뭐. 나는 사람에 대한 열린 마음으로 호의를 표했을 뿐.

자체적 경험 통계는 사람들이 걱정하는 것보다 훨씬 긍정적입니다. 이런 주장에 대해 누군가는 내가 여성이라서 그런 것이라 말하고 싶어 합니다. 뭐 아주 약간은 그럴 수도 있다고 동의해주고 싶습니다만 그건 많은 착한 남성들에 대한 결례라고 생각한다는 점도 밝혀둡니다. 여성, 남성 모두 사람 아닌가요? 참고로 내가 말을 거는 사람들의 대부분은 보통 사람들입니다. 보통 사람들의 보통 이야기가 훨씬 더 흥미로우니까요!

여행을 하며 만나는 공간들도 내게 말을 걸어옵니다. 사람도 그렇듯이, 크고 아름다운 공간보다는 자신만의 이야기가 있는 작은 공간에 마음이 열립니다. 여백과 아픔이 있는 공간에 더 마음이 가지요. 오래된 무덤, 폐허가 된 절터, 사람이 더 이상 다니지 않는 것 같은 좁은 길, 왜 그런지는…… 음…… 안쓰럽고 연민을 불러일으키는 것들에 대한 인간 보편적 감정 때문일지도요. 또 그런 공간에서 나 자신을 위로하는 것인지도 모르고요.

내가 못 다한 말을, 승효상 선생님이 쓰신 책에 등장하는 존 B. 잭슨이라는 분의 글을 통해 옮겨 적어봅니다.

폐허는 우리가 다시 돌아가야 하는 근원을 제공하며, 우리로 하여금 무위의 상태로 들어가 그 일부로 느끼게 한다.

_ P.407 《묵상》 '폐허의 중요성' 중에서(돌베개, 2019)

여행자의 마음은 '본향'을 향하기에 작고 여린 것을 지나 근원인 무로 향하는 것인가 합니다. 하여 내 몸은 지금 푸르른 초원 가득한 대관령에 있는데 몽골 여행에서 봤던 초원사막이 자꾸 겹쳐 보이는 것일 게지요. 이곳에서 관광용으로 길러지며 배부르게 풀을 뜯고 있는 양들을 보는데, 도대체 뜯어먹을 것이 있기는 한 건지 의심스러운 거의 사막에 가까운, 초원이라 부르기도 난감한 황무지에 머리를 박고 있던 양들이 안쓰럽게 떠오릅니다.

몽골에 대한 경험이 없었다면 몰랐을 감정입니다. 공간에 대한 경험은 다른 공간에서의 경험을 불러오며, 또 다른 생각으로 연결되며 커져 갑니다. '공간책' 경험도 쌓이고 성장하나 봅니다. 이것이 우리가 여행을 해야 하는 또 하나의 이유가 아닌가 합니다.

여행은 다른 사람과 공간에 잠시 말을 거는 일. 잠시 다른 사람의 삶과 공간의 역사에 개입하는 일. 부디 그 일이 나와 세상에 유익하기를 빌어봅니다.

우리의 여행은 언제나 옳다

아마 내가 지구상에서 처음 쓰는 말은 아니겠지만, '여행은 언제나 옳다'는 이야기를 자주 합니다. 오지여행가 한비야 씨도 그런 비슷한 이야기를 한 적이 있지요. 할까 말까 망설일 때 꼭 해야 하는 것 세 가지로 여행, 산책 그리고 배움을 꼽으면서요.

학교 멘토링 프로그램 일환으로 학생들 몇 명과 여행을 한 적이 있습니다. 각자가 하고 싶은 여행의 테마(명상 여행, 수도원 여행, 공동체를 찾아가는 여행, 일상으로의 여행 등)를 정하고, 함께하는 형식이었지요. 내게도 새로운 경험이었고 우리 모두에게 즐거운 추억이 되었고, 그때 만든 보고서와 앨범은 애장품이 되었습니다. 앨범의 제목은 '우리의 여행은 언제나 옳다'였습니다.

그런데 우리는 여행을 시작하며 마지막 테마는 일부러 정하지 않았습니다. 어떤 생각을 하게 될지, 그 과정을 열어두자는 의도에서였지요. 그런데 같이 여행을 하면서 우리 모두가 경험하게 된 것은 우리가 어떤 곳에 가서 어떤 여행을 하는지가 가장 중요한 문제는 아닐 수도 있다는 것이었습니다.

여행의 의미는 과정에 있다는 것, 사실 과정이 전부라는 것, 우리는 여행 중에 다시 배울 수 있었습니다. 우리가 함께 마음을 모으고 함께 고민했다는 것, 우리가 함께했다는 것, 실은 그것이 가장 중요한 일이었다는 것을 말이죠. 물론 우리는 많은 것을 보았고, 들었고, 느꼈지만 그 모든 것이 우리가 함께였다는 것이 가장 중요한 사실이라는 점을 바꾸지는 못한다는 것을요.

내가 평소에 선호하는 홀로여행도 아니었고, 우리가 같이 잘해낼 수 있을지 걱정이 없지는 않았지만 학생들과 함께했던 그 여행 또한 내게 여행은, 떠난다는 것 자체로 무조건 옳다는 것을 재확인해 주었습니다. 이후 나는 이런저런 형태로 학생들과 잠깐씩 함께하는 여행을 계획하곤 합니다. 함께한 기억을 공유할 수 있다면 좋겠다 싶었거든요.

운전 실력이 시원찮은 내가 없는 용기를 내서 내 차로 어느 정도의 장거리여행을 할 수 있게 된 것이 계기가 되었지요. 학생들은 교통비나 숙박비 걱정 덜고 여행을 할 수 있는 장점이 있습니다. 물론 원칙이 있습니다. 여행지에서는 가능한 서로 독립적으로 지낸다는 것입니다. 홀로여행의 느낌을 살짝이라도 경험시켜주고 싶은 선생의 욕심이 반영된 것이지요. 학생들은 알던지 모르던지 말입니다.

그동안 몇 번 이런 식으로 여행을 했습니다. 내가 어디 여행을 가면 본인이 원하고 일정 가능한 학생들이 그 여행에 부분적으로 동행하는 식이었지요. 고흥에서, 구례에서, 순천에서, 용인에서, 통영에서 학생들과 기억을 나눴습니다.

이곳 대관령에서도 몇 명이 하루 이틀 일정을 공유했습니다. 현재 내 입장은 누가 오면 반갑지만 오지 않아도 아주 괜찮고, 살짝 번거로운 마음도 없지는 않지만 사랑하는 학생들과 기억을 공유할 수 있는 소중한 시간이기도 하니, 적극적으로 오겠다면 거절은 하지 않습니다. 대신 이번에도 학생들에게 잠시 잠시 혼자의 기억도 선물하려 합니다. 인생이라는 여행길, 혼자 가야 하는 길, 기회 있을 때마다 낯을 익혀야겠지요?

학생들과의 여행, 정년을 하고 나서 그 친구들을 내 여행의 동반자로 기억할 수 있을 테니 내게도 반갑고 의미 있는 일이라고 믿습니다. 언제 어떤 식으로든 모든 여행은 옳다는 명제를 다시 한번 기억합니다.

홀로여행 예찬

개인적으로 혼자여행(혼행)이라는 말보다는 홀로여행이라는 말을 더 좋아합니다. 내 홀로여행은 연륜이 좀 됩니다. 딱히 언제 어떻게 시작되었는지는 기억도 나지 않지만요. 어느 순간 '요이 땅' 했다기보다는 조금씩, 조금씩 홀로여행의 재미를 발견해갔던 것 같습니다. 최소한 20년 정도 전부터는 홀로여행 전도사, 비슷합니다.

적잖은 사람들이 홀로여행을 두려워하거나 우려하는 것 같습니다. 특히 여성 혼자 여행하는 것에 대해서 그렇지요. 물론 그 분들의 걱정이 전혀 근거 없는 바는 아니어서 원하지 않는 사람을 억지로 등 떠밀어 혼자 여행하도록 할 일은 아닙니다. 그럼에도 불구하고 나는 홀로여행을 하고 있고, 다른 이들에게도 적극 권하는 편입니다. 갑자기 남미 정글 같은 곳을 혼자 가시라는 것은 아니고, 국내 가까운 지역에서부터 그저 하루길이라도 혼자 조금씩, 천천히 다니다 보면 저절로 느끼는 바가 있을 것이라고 생각합니다.

이렇게 말하면 어떤 분은 해 봤는데 잘 모르겠더라, 심심하고 불편하기만 하더라고 합니다. 그런 분들은 니체가 말하는 여행자의 다섯 단계 중 1~2단계에 있을 가능성이 높지 않을까 조심스레 생각해봅니다. 1~2단계는 여행을 하고 있으나 어떤 새로운 것도 보지 못하는 상태와 세상과 만나고는 있으나 자신의 모습과 생각만 고수하고 있는 상태에 있는 것을 말합니다. 그렇다면 여행의 의미가 반감될 가능성이 높겠지요.(나머지 단계도 설명하자면, 세상을 관찰해 무언가를 체험하는 자는 3단계, 체험한 것을 자기 속에 데리고 와서 지속해서 가지고 있는 자는 4단계, 관찰한 것을 체험하고 동화한 후 집에 돌아오자마자 행동이나 작품에서 반드시 되살려야 하는 자는 5단계에 있다고 니체는 말합니다.) 여행의 가장 중요한 목적 중 하나가 타자들(사람이든 사물이든)과의 조우를 포함한다면, 물리적으로는 이동했으나 충분히 마음을 열지 않았다면 그 사람은 여행 중이라고 말할 수 없을 겁니다.

하지만 나는 그런 분들조차 홀로여행을 통해 변해갈 수 있다고 믿고, 그런 분들에게 더욱 홀로여행이 필요하다고 생각합니다. 가족이나 지인과 하는 여행이 의미 없다는 것, 물론 아닙니다. 그러나 그것은 멤버십 트레이닝에 보다 가깝지 않겠는지요. 홀로여행은 자신을 자각하게 하고 세상에 직면하게 만드는 힘이 있습니다. 그러니 니체적 의미에서 비교적 '좋은 여행'을 할 수 있는 조건을 자연스레 갖추게 되는 셈입니다.

좀 다른 성격이지만, 유학 생활 중에 온몸으로 배운 것 중 하나가 내 스스로가 나와 세상에 대해 온전한 책임을 져야 한다는 자각이었으니, 유학이 내겐 어쩌면 '긴 여행'이었는지도 모르겠습니다.

홀로여행, 물론 외롭고 고달픕니다. 그러나 외롭고 고달프지 않다면 우리가 그것을 여행이라고 말할 수 있을지 자문해볼 일입니다. 여행旅行의 한자를 풀면 나그네길이고, 여행이라는 영어 단어 'travel'의 어원인 라틴어 트라바일travail의 뜻은 '산고産苦'라고 하니, 여행은 본디 슬픈 일일지도 모릅니다. 외로워야 사람이라 했던가요, 고달파야 여행일 것 같네요.(물론 단체여행도 고달플 수 있겠으나 그건 '빡센' 일정 탓이거나 내부 소통 문제일 가능성이 높겠지요? 그러니 그건 다른 차원일 듯합니다.)

라틴어까지 들먹이지 않아도 여행은 고생입니다. 사서 하는 고생, 맞습니다. 작가 장석주도 여행은 "불확정성과 미지의 것들로 가득 찬 공간 속으로 자신의 생을 들이미는 일"이고, "여행이란 식중독과 노상강도의 위험과 뜻하지 않은 분쟁과 소지품 분실과 피로감으로 범벅되는 그 무엇"(P.182 《추억의 속도》(그림같은 세상, 2001)이라고 말합니다. 오죽하면 '떠나면 개고생'이라는 속된 말이 광고 카피로 '빵' 뜨기도 했을까요.

홀로여행은 말할 것도 없지요. 추상적으로도 구체적으로도 많이 고생스럽습니다. 그런데 왜 그 고생을 그 오랜 세월 동안 많은 사람들이 사서 하고 있는 걸까요? 그래도 지금이야 목숨 걸고 여행할 일은 거의 없지만 한 세기 전만 해도 (장거리)여행은 아주 위험한 일이기도 했는데 말입니다.

여행이 자신과 세상을 오롯이 다시 만나 세우는 의미를 부여받지 못했다면 나는 그런 여행들은 기본적으로 실현되기 어려웠다고 봅니다. 우리는 오지여행조차 관광 상품이 되는 세상에 살고 있지만 그럼에도 홀로여행은 기본적으로 기꺼이 외롭고 고달프겠다는 마음으로 시작하는 여행입니다. 그 외로움과 고달픔을 '대가'로 치르고서야 다가오는 것들이 있기에. 여행은 그렇게 '벅찬 고생'입니다.

산다는 것 자체가 때로 또는 자주 쓸쓸하고 외로운 일. 그 일을 살아내야 하는 것은 나 자신. 그런 나를 온전히 만나는 시간은 누구에게나 필요할 겁니다. 인간이 개별적 신체를 가지고 있는 이상, 누구도 나일 수는 없고, 하여 나만이 직면해야 하는 시간들, 나만이 건너갈 수 있는 시간들이 있을 겁니다. '외로워야 사람이다'라는 시구는 이런 맥락에서도 이해될 수 있지 않을까 합니다.

그 시간을 함께 해주는 좋은 친구, 그 이름은 홀로여행입니다.

그리고 여행이 삶의 은유이고, 삶이 우리 모두 각자의 몫이라면 홀로여행은 여행의 본질, 삶의 본질에 적어도 한 발 더 다가서는 방법일 수 있다고 믿습니다.

여성 홀로여행을 위해

홀로 휘적휘적 다니는 것에 대한 걱정스러운 시선에는 물론 내가 '생물학적 여성'이라는 점도 섞여 있습니다. 이해할 수 있습니다. 스스로 조심하려고 노력도 합니다. 예를 들어 굳이 한밤중에 아무 일 없이 으슥한 곳을 일부러 갈 일이야 없겠지요. 그러나 이것이 여성의 일상적이고 정상적인 활동을 제약하는 이유가 되어서는 안 된다고 생각합니다. 여성이라고 밤늦게 귀가할 일이 없겠는지요? 그걸 문제 삼기보다 여성이건 누구건, 밤늦은 시간이건 아니건, 모두의 모든 귀갓길이 안전한 사회를 만드는 일이 우선 아니겠습니까?

나는 보고 싶은 것도 많고, 궁금한 것도 많은 인간입니다. 이런 성정이 어느 정도 타고난 것인지 또는 길러진 것인지 정확한 구성비를 규명할 수는 없지만 지금도 늘 뭔가가 궁금합니다. 물론 가용 에너지의 한계가 있어 모든 일은 아닙니다. 예를 들어 기계 종류에는 별 관심이 없지요. 아니 정확히 말하면 순서가 밀리는 겁니다. 좌우간 내 지인들은 가끔 '아니 그 나이에도 뭐 그리 궁금한 게 많냐'고 타박하기도 합니다만 궁금한 것이 많은데 어쩌겠습니까? 물론 내가 궁금해하는 것 대부분은, 세계평화 뭐 이런 거창한 것이 아니라 아주 사소한 것들입니다. 내 인생살이에도 별 상관없어 보이는…….

예를 들면 내가 요즘 궁금해하는 것 중 하나는 이곳 지명에 대한 것입니다. 평창군이 넓은 고원지대 비슷하다는 것을 알게 되고 나서 이곳 지명에 유독 '평'자가 많이 들어간다는 것을 인지하게 되었습니다. 봉평逢坪, 용평龍坪, 장평長坪, 평창平昌 등등. 평평할 '평', 들 '평' 등의 한자가 보입니다. 지리학적 이유가 있어 보이지 않나요? 아주 합리적인 추론입니다.

평창군 용평면이 아닌 대관령면(옛 도암면)에 있는 리조트 이름이 왜(한자는 다르지만) 용평(龍平) 리조트인지도 궁금해졌지요. 늘 헷갈렸었거든요. 탐정 비슷하게 유추하고, 물어보고, 확인하는 중인데 몇 가지 확인한 사실 중 하나는 이런 일에 대해 여기 사는 분들도(공무원 포함) 별 관심 없고, 잘 모르신다는 것입니다. 그런데 단서를 찾았습니다. 용평리조트를 만든 회사가 쌍용雙龍이었다는 것입니다. 오, 실마리가 보이지요? 앞으로 조금 더 탐문을 해 볼 생각입니다.

탐정을 해도 잘 했을 것 같다 싶습니다. 다른 사람들은 보통 하나도 궁금해하지 않을 쓸데없는 것에 참 관심이 많거든요. 〈알쓸신잡〉이라는 TV 프로그램 이름에 아주 동의합니다! 의무적인 일은 미루고, 꺼리고, 쓸데없고 이상한 짓 하기를 좋아하는 나를, 지인들은 칭찬인지 욕인지 모르겠지만 '자유로운 영혼'이라고 부르기도 합니다. 나는 조직인은 못 되는 것 같습니다. 그나마 대학이, 나 같은 사람이 머물 수 있는 거의 유일한 조직인 것 같으니 최대한 잘리지는 않을 정도로 지내려 합니다.

암튼 나는 쓸데없어 보이는, 크게 돈 안 되는 일들에 관심이 지대한 사람이고 그러니 가고 싶은 곳도 많고, 보고 싶은 것도 많습니다. 남들이 뭐라 한다고 내가 하고 싶은 것을 안 하거나 못 하고 살고 싶지는 않습니다. 그것이 여자라는 이유이건, 교수라는 이유이건, 크게 반사회적인 행동이 아니라면요. 그렇다고 내가 하고 싶은 대로 다 하고 사는 것은 물론 아닙니다. 나도 '사회적 인간'이니까요.

아무튼 혹시나 내가 생물학적 여성이 홀로여행을 하는 것에 대한 경험을 사람들과 조금이라도 더 나누어 여성의 홀로여행에 대한 인식과 여행 환경을 조금이라도 개선시키는 데 도움이 된다면 좋겠습니다. 그것을 위해서 여행을 하는 것은 아니지만 사람들이 나를 통해 홀로여행을 하는 여성이 있구나, 씩씩하게 재미있게 잘 지내는구나, 홀로여행도 좋아 보이네, 홀로여행을 하는 사람들에 대한 배려가 필요하겠구나, 이런 생각을 할 수 있게 된다면 좋겠습니다.

뉴스에서 "여성감독 특유의 섬세한 감각으로……"라는 멘트가 흘러나옵니다. 야구 경기에서 포수는 안방마님으로 불립니다. 젠더 문제와 관련해서도 우리 사회가 갈 길이 아주 멀어 보입니다. 남성감독이라는 말은 없지요? 그리고 여성은 모두 특유의 섬세한 감각을 가지고 있을까요? 나는 여성인 걸 부정하진 않지만 섬세한 감각을 가지고 있지는 않은 듯합니다. 집을 지키는 사람이라 포수가 안방마님인가요? 지금이 어떤 시대인데요!

길은 걸으라고 있는 것이니 그것이 누구이든 씩씩하게 한 발한 발 가면 됩니다! 혼자 떠난 길, 동지와 돌아오게 될지도요. 혼자 떠나 낯선 길에서 만난 또 다른 나와 손잡고 돌아오는 것이 여행이라는, 박노해 시인의 말을 마음에 담습니다.

여행자의 자격

도시인의 자격을 이야기했던 것처럼, 여행을 하는 사람에게도 아주 약간의 '자격'이 필요하지 않은가 합니다. 물론 여행은 떠남 그 자체로 충분하지만요.

그 첫 번째는 고생할 준비입니다. 대단한 고생까지는 아니라 하더라도 어느 정도의 육체적, 정신적 불편을 감수하는 마음이 필요하겠지요. 그렇지 않다면 여행은 하지 않는 것이 맞습니다. 알랭 드 보통이 전해주는 프랑스의 데제생트 공작 얘기처럼 말입니다. 찰스 디킨스의 소설을 읽다가 불현듯 영국을 여행할 마음이 들었으나, 실제 여행을 할 때의 온갖 어려움이 눈앞으로 다가오자 (역까지 달려가야 하고, 익숙하지 않은 침대에 누워야 하고, 줄을 서야 하고……) 다시 집으로 돌아갔다는, 프랑스 소설의 주인공. 그는 자신의 근사한 집에서 소설을 통해 '의자에 앉아서도 아주 멋진 여행을 할 수 있는데 구태여 움직이며 다닐 필요가 뭐가 있는가'라고 생각합니다.

지금은 소설이 아니라 온갖 영상매체가 전 세계 구석구석에 대한 정보를 실시간으로 전해줍니다. 에펠탑을 가장 잘 보는 방법은 집 소파에서 관련 영상을 보는 겁니다. 실제로 가봐야 전체가 눈에 잘 들어오지도 않지요. 갑작스럽게 비를 쫄딱 맞을 수도 있고, 파업 중일 수도 있고, 두 시간을 줄 섰다가 10분 만에 인파에 밀려 나와야 할 수도 있습니다.

혹시 당신의 인생에 가장 기억에 남는 여행은 어떤 여행이었나요? 가장 외롭고 고생스러웠던 여행일 것이라는 데 한 표 던지겠습니다. 배움은 외로운 길에 잘 깃들더군요. 배움은 항상 뭔가 대가를 요구합니다. 큰 고생을 하고 나면 작은 고생이 별것 아닌 것이 됩니다. 나는 아주 대단한 고생을 해 본 것은 아니지만 겨울의 모스크바를 겪고 나니, 여름의 북경은 그에 비하면 거의 '집'이더군요. 여차하면 밖에서 잘 수도 있고, 한자도 조금 읽을 수 있고, 필담도 가능하고, 외모로도 티가 안 나니 현지인 척하기도 쉽고요.

두 번째는 열린 마음. 내가 여행지에서 하는 일이 만약 여행지에 대한 기존의 설명과 생각을 확인하는 것에 불과하다면, 여행책자에 나오는 근사한 건물 앞에서, 맛집에서 인증사진을 찍는 것뿐이라면, 여행이라는 수고를 굳이 하지 않으셔도 될 것 같습니다. 얘기했듯 근사한 장소들에 대한 설명은 이미 차고 넘치고 맛집은 대도시에 다 몰려 있습니다. 그리고 합성 기술도 훌륭한 요즘에 뭐 굳이!

몸이 움직였다고 자동적으로 여행을 하게 되는 것은 아니지 싶습니다. 여행은 또 하나의 세계를 얻는 것, 또 하나의 지평을 여는 것, 그것은 빈손이어야 얻을 수 있지요. 내 세계의 어느 것도 내려놓지 않고 두 손 꼭 쥐고 하는 여행은 여행이 아니라고 주장하고 싶습니다. 내가 홀로여행을 반복해서 역설하는 이유 중 하나도 그것이 뭔가를 내려놓을 수 있는(그럴 수밖에 없는), 세상으로 눈을 돌릴 수 있는(그럴 수밖에 없는) 최적의 조건을 만들어주기 때문입니다.

내가 보고 싶고, 내가 듣고 싶은 이야기가 아니라 그 공간이, 그 공간에서 사는 사람들이 들려주는 이야기에 눈과 귀가 열려있는지 곰곰이 살펴볼 일입니다. 스마트폰과 여행책자에 휘둘리지 않을 '내 호기심의 나침반'을 단단히 부여잡고서.

4장

새로 짓는 길을 향해

대관령 두 달 살이로 다른 시작을

여행은 나를, 다시 모든 것을 궁금해하고
모든 것에 의미를 부여할 수 있는 '능력자'로 만들어줍니다.
나는 그렇게 살고 싶습니다.
지구별에 사는 동안 내가 계속 많은 사소한 것들에
의미를 부여하는 사람이면 좋겠습니다.
그것은 일종의 능력이고, 새로움에 대한 기대이자
다시 시작할 수 있는 마음일 테니.
내 인생이 그러했으면 좋겠습니다.

'별것 없다'는 기준

우리는 가끔 '가보니 별것 없더라'는 말을 합니다. 그런데 '별것'의 기준은 무엇일까요? 아주 객관적인 기준 같은 것이야 제시할 수 없다 하더라도 '여행 좀 해 본 사람들' 중 다수가 공감하는 뭔가가 있다는 생각은 하게 됩니다. 프로 여행자들의 인터뷰나 여행기를 통해서 반복해서 확인하게 되는 것 중 하나죠. '별것'은 사실 '별것이 아니라는 것.'

물론 처음에는 크고 대단한 것들이 눈에 들어오지요. 이 세상에는 입이 다물어지지 않을 정도로 놀라운 자연 풍경도, 그에 비견될 만큼 엄청난 건축물들도 정말 많습니다. 그래서 크고 대단한 것이 없으면 쉽게 '별것 없네'라는 말이 나오기도 합니다. 하지만 여행을 마친 후 가장 오래 기억에 남는 풍경이 그 크고 대단한 것이 아니었다는 것을 알게 되는 것은 그리 오래 걸리지 않습니다.

당신의 여행에서 가장 기억에 남는 것이 자금성이었나요? 그랜드 캐니언이었나요? 물론 크고 대단한 것들의 의미를 부당하게 축소할 의도는 아닙니다. 하지만 적어도 나의 어떤 여행에서도 그것들이 가장 큰 의미를 차지했던 적은 없습니다. 설사 그 크고 대단한 것을 보겠다고 나선 길이었다 해도, 그 크고 대단한 것이 여행의 목적이었다고 해도 말입니다.

지금도 물론 유명하다는 곳에 갑니다. 그 자리에 잠시 머무를 수 있는 것만으로 감동인 장소도 많습니다. 하지만 동시에 아주 작고 소박한 경험이 적어도 그만큼의, 아니 그보다 큰 감동으로 다가오는 경험을 자주 합니다.

꽃과 나무를 좋아한다고 떠들고 다니지만 전문적 식견이 있는 것은 아닙니다. 그저 좋아라 하는 정도지요. 얼마 전 숲길에서 만난 분에게 길을 물었다가 강원도에서만 볼 수 있는 귀한 야생화가 많다는 이야길 들었습니다. 아, 볼 수 있는 눈을 갖고 있는 자만이 볼 수 있으리니…….

조금 더 자세히 들여다보려 노력했지만 이 꽃이 그런 꽃인가 긴가민가하고 있는데 운 좋게 그분을 다시 만났습니다. 그분의 도움으로 '금꿩의다리'라는 재미난 이름을 가진 꽃나무를 알게 되었네요. 보라색 꽃 안에 황금색 수술이 있는 예쁜 꽃이었는데 서늘하고 습한 곳에서 자란다고 합니다. 그러고 보니 이 친구, 계곡 주변에서 보입니다. 금꿩의다리, 이 친구의 이름을 알게 된 것이 이

번 여행길의 큰 수확 중 하나일 것 같은 예감입니다.

여행길 자체가, 여행에서 만나게 되는 모든 풍경, 상황, 사람들이 '별것'으로 여겨지니, 별것은 특별한 곳에 있지 않습니다. 적어도 내게 '별것 없는 곳'은 없었습니다. 되는 대로, 마음 가는 대로, 이정표도 없는 작은 동네 구석구석을 헤매는 취미를 갖게 된 것도 아마 이런 깨달음 때문인 것 같습니다. 오히려 그런 곳에 여행객인 내가 봐야 할 '의무'가 있는 크고 대단한 것이 아닌, 내가 찾아보게 되는 것이 있고 내가 발견하게 되는 것이 있고, 내 눈에 자연스레 담기는 것들이 널려 있기 때문입니다.

지난 봄 치료 받으러 다녔던 경주 산내. 이름대로 산골입니다. 관광객의 시선으로는 방문할 이유가 거의 없는 곳입니다. 그곳에 사는 분들 스스로도 그렇게 말씀하시더군요. 산골에 뭐가 특별히 볼 것이 있겠냐고. 그런데 그곳 또한 나를 놀라게 하는 것들로 가득했습니다. 산세도 수려했지만 그 산골에 숨어 있는 대관령 양떼목장 같은 넓은 초원이 사람을 깜짝 놀라게 했습니다. 그 공간의 역사도 잠시 들여다보니 파란만장. 그러나 풍경이야 이를 신경 쓸리가 없고 경상도에서 만난 대관령 풍경은 감탄스럽고 고맙기만 했는데 이곳이 그만 TV에 나오고 말았습니다. 나만 아는 공간으로 흐뭇해하고 있었는데 말입니다.

그리고 산내 그곳에도 '사람책'들이 많이 있었습니다. 우리밀로 빵을 만드는 부부, 폐교를 활용해 '나의 리틀 포레스트', '잠시 가출' 등의 재미있는 프로그램을 운영하는 분들, 어머니와 함께 야생화를 기르는 청년, 의사 목수분도 계셨습니다. 무엇보다 내게 산내라는 지역을 각인한 풍경은 혼자 사시며 작은 닭집을 운영하는 할머니셨습니다.

손님이라고는 나뿐이었어서 할머니와 이런저런 이야기를 나누며 옛날식 통닭 반 마리로 한 끼를 해결하고 나서는데 그런 내 모습을 차가 사라질 때까지 바라보시더군요. 물론 그저 한가해서 그러셨을 수도 있으나 나의 어머니가 생각나 마음이 울컥했습니다. 본인 사는 것이 그래서 본인의 어머니 상에도 가지 않으셨다는 할머니의 마음을 감히 헤아릴 수가 없었습니다. 할머니께 닭볶음 먹으러 다시 오겠다고 약속하고서 아직 약속을 지키지 못했네요. 그 약속, 꼭 지키려 합니다!

내가 느끼기에 우리나라의 모든(!) 동네에서 발견하게 되는 가장 감동적 장면은 붉은 밤색 고무 대야나 스티로폼 같은 것에 심어진 파, 상추, 고추 같은 것들입니다. 아무리 작은 골목길에서도 단 한 평의 땅도 놀리지 않겠다는 의지가 빛납니다. 오래된 단독 주택 현관 처마 비슷한 역할을 하는 공간에서까지 '농사'를 짓는 사람들을 보면 존경의 마음까지 듭니다. 얘기했듯 사진 찍는 데 열심이 없는 사람이지만 그 풍경을 찍어 올리는 인스타그램 운영이라도 하고 싶다 생각이 들 정도입니다. 제목은 '도시의 숨'.

여행 좀 해 본 사람들이 나와 비슷한 생각, 비슷한 경험을 하는 것을 볼 때마다 모종의 안도감이 들기도 하고 기분이 꽤 좋기도 합니다. 아, 이 사람들도 나 같은 생각, 경험을 하는구나. 나만 이상한 것이 아니구나, 뭐 이런 생각.

가장 중요한 것은 가까운 곳에 있다는 지혜를 우리 모두가 이미 알고 있는지도 모릅니다. 바쁜 일상에 놓칠 뿐이죠. 인생이라는 여행의 마지막에 선 사람이 맞고 싶은 하루의 모습은 어떤 것일까요? 마음 아픈 일이라 되새기는 것도 힘듭니다만, 살아서 죽어본 세월호 유가족들이 우리에게 아프게 상기시켜주는 일을 기억할 필요가 있습니다. 그분들이 가장 아파하는 일이 설마 아이가 입신양명한 것을 보지 못한 것이겠는지요? 그건 아이의 웃음소리를 다시는 들을 수 없다는 것, 아이에게 다시는 도시락을 챙겨줄 수 없다는 것, 아이에게 다시는 야단칠 일이 없다는 것일 겁니다.

《모리와 함께한 화요일》(세종서적, 2008)이라는 인터뷰 책에서 건강한 24시간이 다시 주어진다면 무엇을 하겠냐는 옛 제자의 질문에 루게릭병 환자인 모리 선생은 이런 답을 합니다.

"아침에 일어나서 운동을 하고, 스위트롤 빵과 차로 멋진 아침식사를 하고 수영하러 가겠어. …… 그런 다음 산책을 나가겠어…… 저녁에는 모두 레스토랑에 가서 스파게티를 먹고 싶네. 아니 오리 고기를 먹을까. 난 오리 고기를 무척 좋아하거든. 그런 다음 나머지 저녁 시간 동안 춤을 추고 싶네. …… 그런 다음 집에 와서 깊고 달콤한 잠을 자는 거야."(P.224)

옛 제자가 다시 묻죠. 그게 뭐냐고, 뭐 좀 더 근사하고 거창한 것, 예를 들어 이탈리아 여행, 대통령과의 점심식사 같은 것을 소망해야 되지 않느냐고 말입니다. 그런데 모리 선생은 "그래 그게 다야(This is the whole point.)"라고 다시 답합니다.

(인생에 있어)"뭣이 중한디." 유명한 영화 대사죠? 모리 선생의 말과 꼭 같은 의미라고 생각합니다. 제자도 결국 인정하게 됩니다. 그것이 다(the whole point)라는 것을. 나라도 결국에는 모리 선생과 같은 선택을 하게 될 것 같습니다.(참고로 이 멋진 노신사는 사회학자입니다.) 사과나무를 심는, 뭐 그런 특별한 일을 하는 것도 나쁘지 않겠지만 생의 마지막에 가장 간절하게 바라게 될 것, 그것은 아마도 아주 지극히 일상적인 하루일 거라는, 모리 선생의 생각에 동의가 됩니다. 그것이야말로 인생을 살 만한 것으로 구성해준 정말 '특별한 것'이니까요.

일상이 모여 일생이 되는 것. 그러니 우리는 일상만 살면 된다, 이 멋진 말 또한 내 생활명언 중 하나입니다. 결국은 '별것 없어

보이는' 일상이 내 인생에 있어 가장 중요하고 특별하다는 것, 일생을 잘 살겠다며 일상을 미뤄서는 안 된다는 것, 그것도 나는 여행으로부터 배우고 있습니다.

그리고 다시는 이런 것들을 세월호 같은 비극을 통해 배우는 일이 없기를 소망합니다.

리얼관찰예능이 싫다

몇 년 전부터인가 '관찰예능'이라는 것이 인기입니다. 온갖 생각 가능한 다양한 방법으로 유명인들이 먹고, 놀고, 배우고, 여행하는 방식들을 관찰하는 프로그램들이 '리얼관찰예능'이라는 이름으로 쏟아지고 있습니다.

여행 다니며 뭘 먹고 어디서 어떻게 자는 것까지 보여주고, 삼시세끼 밥을 해서 먹는 것도 보여주고(요즘 거의 누구도 하지 않는 방식으로!), 하다 하다 숲 속에서 혼자 지내는 것을 촬영해서 보여주는 프로그램까지 있었습니다. 그 프로그램 콘셉트는 정말 압권이었습니다. 소위 나영석 사단 작품이었는데 다행히(!) 흥행에 실패했으니, 당분간 적어도 이런 프로그램까지는 안 봐도 되겠지요? 이 프로그램을 혹시 누군가가 봉쇄수도원의 일상을 어렵게 어렵게 기록한 영상인《위대한 침묵》과 비교한다면 참기 어려울 것 같습니다.

이미 스타가 된 나영석 피디의 대중적 감각과 능력을 인정하

195

면서도 그리고 왜 이런 프로그램들이 통하는지, 사회학을 공부하는 사람으로서 이해되는 측면이 있으면서도 나는 기본적으로 이런 류의 예능 프로그램이 좀 불편합니다. 그것이 얼마나 '리얼'인지와 무관하게 '실제의 삶'을 보여준다는 취지 자체가 불편합니다. 여전히 삶은, 각자가 살아야 하는 것이지, 보고 있을 대상이 아닌 것 같기 때문입니다. 더구나 수십 명의 스태프가 눈앞에서 쳐다보는 혼자의 삶이라니요.

어쩌다 그런 프로그램들을 접하게 되면 애써 외면하려 합니다. 재미는 있는데 그것을 보며 재미있다고 느끼며, 정작 아무 것도 안 하는 자신이 어쩐지 한심하게 느껴지기도 해서 말입니다. 그런데 우연히 〈여행생활자 집시맨〉이라는 프로그램을 보게 된 이후 기회가 닿으면 그 프로그램은 봅니다. 일반인이 트럭이나 버스를 개조하거나 캠핑카를 가지고 말 그대로 집시처럼 하는 여행을 유명인이 1박 2일 동행하는 콘셉트의 프로그램인데 캠핑카(캠핑이 아니라 캠핑카!)가 내 버킷리스트 중 하나이기도 하고 등장하는 일반인들의 말과 행동이 궁금해서 보게 되더라고요. 가장 궁금했던 것은 어떤 계기로 그런 여행을 하게 되었는지, 그렇게 여행을 해 보니 어떤지 등이었지요.

그러다 정말 흥미로운 이야기를 만났습니다. 부부 여행자셨는데 남편은 은퇴를 하셨고, 아내는 이동 중에도 할 수 있는 일을 하는 상황이라 같이 여행을 하기로 맘을 먹으셨다죠. 막상 여행을 하려고 보니, 어디를 가야 할지 무엇을 해야 할지 막막하시더라네요. 고기도 먹어본 사람이 먹는다고, 일만 하느라 여행다운 여행을 다녀본 적이 없으셨다니 그러셨을 법합니다.

그런데 바로 그래서 정말 창의적인 발상을 하셨더군요. 전국의 모든 시·군·도청 건물 앞에서 증명사진 찍는 것을 목표로 삼으셨다는 겁니다. 나는 꿈에서라도 생각 못 할 기발한 생각이었습니다. 집시카 천장에 시·군·도청 사진판 같은 것을 붙여놓고, 따님이 사줬다는 폴라로이드 사진기로 증명사진을 찍어 바로 현상해서 붙여나가고 있으셨습니다. 그런 기발한 여행법, 나는 본 적도, 들은 적도 없습니다.

사람들은 패키지여행을 택하며 말합니다. 해 본 적이 없어서, 아는 것이 없어서, 외국어를 몰라서…… 나만의 여행은 어렵다고. 그런데 이 부부는 바로 거기서 출발하면, 그런 상황에서 그런 사람만이 할 수 있는 지극히 창의적인 '나만의 여행법'이 나온다는 것을 증명해 보여줍니다.

기분 좋게 한 방 먹고 내 주장을 보다 강하게 할 기운도 얻었습니다. 내 여행은 관찰자적 위치에서 '볼 수 있는' 것이 아니고, 누가 대신해줄 수 있는 것도 아니고, 내가 해야 하는 것이고, 나만이 할 수 있는 것이고, 그러니 나만의 여행법을 찾아야 한다고 말입니다.

직접 몸으로 살아내는 삶의 중요성을 일관되게 강조하는 소설가 김훈 선생님의 글도 옮겨봅니다. 먹는 일도 마찬가지! 내 밥도 내가 먹어야 하는 것이지요.

> 평양 옥류관 냉면의 맛을 분석하고 평가하는 TV 먹방을 하루 종일 들여다봐도 말짱 헛일이고 옥류관 냉면 국물 한 모금 먹느니만 못하다. 내가 지금부터 냉면에 대해서 원고지 100장을 쓰고 당신들이 나의 100장을 다 읽는다 한들, 그 또한 옥류관 냉면 한 가닥을 쪼르륵 빨아들이느니만 못하다.
>
> _ P.385 《연필로 쓰기》(문학동네, 2019)

그리고 생각합니다. 인생도 그러하리라는 것, 그럴 수밖에 없다는 것. 나는 내 여행이 '카피'이길 원하지 않으며, 누가 내 여행을 대신 해주길 원하지 않으며, 꼭 같은 마음으로 내 삶이 그러하길 원하지 않습니다. 그런 바람이 커져 갑니다.

그렇게 나는 여행을 하며 왜 여행이 '삶의 미리 보기'인지를 계속 배워가는 중입니다.

나중은 없다

어떤 이야기가 내 얘기다 싶을 때가 있지요. 학생들을 통해 '프로불편러'라는 단어를 처음 들었을 때, 딱 나 같은 사람을 말하는 거겠구나, 감이 왔습니다. 최근 《미루기의 천재들》이라는 책이 번역되어 나왔을 땐 제목을 보자마자 내용도 모르면서 저 책은 꼭 사야 한다 생각했고, 샀습니다. 물론 한참을 묵혔다 읽었습니다. 그 책에 대한 예의로.

나도 미루기라면 남 못지않습니다. 다른 사람들 눈에는 그것이 잘 안 보일 수도 있는데 그것은 내가 좀 '위장'을 하기 때문입니다. '미루기의 달인'이 된 것이 언제부터였는지는 잘 모르겠습니다. 아주 어렸을 때는 아니었던 것 같거든요. 방학 때도 숙제 먼저 하고 노는 편이었던 것으로 기억합니다. 정확한 시기는 알 수 없지만 꽤 오래전부터인 것은 분명합니다.

물론 미루는 일의 종류도, 미루게 되는 이유도 오만 가지쯤 됩니다. 글 한 줄이라도 쓰려면 꼭 청소를 하고 싶어지는 그런 인간이니까요. 그러니 미루기의 모든 것에 대해 한꺼번에 다 얘기하는 것은 어렵겠고, 이 글에서는 미루다 결국 하지 못한(않은) 일들에 대해 잠시 생각해볼까 합니다.

우선 나는 독일 유학 시절 내내 미루다 결국 하지 못한 일이 있습니다. 축구 경기를 한 번은 축구장에 직접 가서 보려고 했는데 결국 가지 못했지요. 물론 나는 축구 규칙도 잘 모르는 사람이고, 축구 경기는 한일전이나 월드컵 국가대항전 정도 겨우 보는 수준이니, 간절히 원했던 일이라고는 할 수 없습니다. 그래도 독일은 맥주의 나라이기도 하지만 축구의 나라이기도 하고, 나는 꽤 오래 매주 몇 번씩 축구 경기가 열리는 경기장이 보이는 곳에 살았습니다. 그래서 한 번은 가보리라 마음먹었는데, 미루고 미루다 한 번도 못(안) 가보고 귀국했습니다.

이런 종류의 미루기는 아마도 다음이 있겠지라는 생각에서 연유하는 것 같습니다. 지금이 아니어도 언젠가는 할 수 있을 거라는 생각이 차일피일하게 만드는 것 아닐까요? 비슷한 맥락에서 영화관에 가서 영화 보기를 미룹니다. 영화는 기본적으로 '재생' 가능한 매체이니 언제라도 마음만 먹으면 볼 수 있다는 생각 내지는 착각을 하게 되는 듯합니다. 어쩌다 보니 한라산 백록담도 올라가 봤고, 심지어 백두산 천지까지 가봤지만 동네 뒷산 가는 건 자꾸 미루게 되는 심리도, 가깝다고 생각하는 사람들과의 만남이 오히려 순위가 밀리는 이유도 비슷한 맥락이 있지 않을까 합니다.

이런 일은 사실 비일비재하지요. 삶이 유한하다는 것은 우리 모두가 알고 있지만, 우리는 내일이 있을 것이라 믿습니다. 그래서 많은 일을 미뤄둘 수 있는 게지요. 이런 종류의 미루기에는 마감기한이라는 '패닉 몬스터'도 잘 등장하지 않습니다. 논리적으로야 누구도 장담할 수 없는 일이지만 우리는 꽤 높은 확률로 내일을 믿을 수 있는 세상에 살고 있으니까요.

이런 생각의 관성에서 벗어나기 위해 만일 당신이 내일 죽는다면 이런 가정 하에 무엇을 하겠느냐, 누구를 만나겠느냐, 이런 질문을 본인 스스로에게 해 보라는 요청을 받기도 하고, 가상 유서쓰기 같은 프로그램도 있는 것으로 압니다. 진지하게 그런 가정을 할 수 있다면 정말 중요한 것이 무엇인지, 우선순위가 무엇인지, 보다 선명하게 분별하게 될 것이라는 것에 동의가 됩니다.

여행 또한 우리의 삶에 '오로지 지금 이 순간'이 있을 뿐이라는 것, 그리고 나중은 없을 수도 있다는 것을 알려주는 중요한 매개가 되는 것 같습니다. 나는 여행을 '작은 삶'이라고 말하곤 하는데, 여행 안에는 삶의 거의 모든 것들이 농축되어 들어가 있다는 생각을 하기 때문입니다. 시작과 끝이 상대적으로 짧고 분명한 이 작은 삶은 나의 삶을 투영해 보여주곤 합니다. 여행이 주는 선물

중 하나이지요. 하여 나 같은 미루기의 달인도 여행을 통해 배우는 것이 있(었)습니다. 내가 지금 이 자리에서 느끼는 감정이 아주 순간적이고 일회적일 수 있다는 것, 내가 지금 만나고 있는 이 사람과의 만남은 내 인생에서 지금뿐일지도 모른다는 것, 그러니 나중 아니고 지금에 충실해야 한다는 것.

여행 초보자일 때 나는 맘을 뒤흔드는 장소를 꼭 다시 한번 들르리라 다짐했었고, 여행 중 만난 좋은 인연들과 나중에도 연락을 하겠노라며 이메일 주소를 교환하곤 했습니다. 얼마 되지 않아 알게 되었지요. 그건 거의 불가능한 일이었다는 것을⋯⋯. 그때 그 마음은 진심이었습니다만 내 인생의 시간은 계속 흘러가고, 그 장소도 그 사람도 흘러간 시간 안에 남았습니다.

여행은 내게 일회성의 감각을 새롭게 해줍니다. 나중에, 나중에, 그런데 어쩌면 그 나중은 없을지도 모른다는. 그리고 나중이 있고 없고 간에 지금은 지금일 뿐이라는 것을 말입니다. 여행 초보자 딱지 정도는 뗀 나는 가능한 한 충실하게 그 시간에, 그 공간에 있으려 노력합니다. 나중이 있을 수도 있으나, 나중은 나중일 뿐이니.

여행에서 배운 이런 태도로 내가 아주 잘했다고 스스로를 기특하게 생각하는 일들이 좀 있습니다. 오래된 일이지만 독일 기차

안에서 만났던 노부부에게 전했던 인사도 그중 하나죠. 내 건너편 좌석의 그 부부는 아주 작은 목소리로 소곤소곤 이야기를 나누며 간간히 미소를 지으셨는데 언어를 배우시는 것 같았습니다. 그 모습이 얼마나 아름답게 보이던지요.

적어도 70은 되어 보이는 분들이셨는데 뭔가에 대한 호기심으로 열심히, 즐겁게 사는 모습이 정말 '아름답게' 느껴졌습니다. 그 분들에게 응원의 인사를 전하고 싶은 마음이 생겼습니다. 당신들이 참 좋아보인다고. 살짝 쑥스럽기도 해서(주변 사람들은 가끔 내가 하고 싶은 말 다 하고 사는 사람이라 착각하지만 그건 사실이 아닙니다.) 미적미적하고 있다가 잠시 화장실을 다녀오던 길, 아뿔싸, 그분들이 내릴 준비를 하고 계신 겁니다. 이미 통로에 나와 계셨지요.

이 순간뿐이라는 자각이 번뜩 들었지요! 그래서 냅다 여차저차 약간의 설명을 곁들여 당신들의 모습이 무척 보기 좋더라는 인사를 전했습니다. 환한 얼굴로 흔쾌히 느닷없는 인사를 받아주고 감사의 마음까지 표하시며 당신들이 무엇을 하고 있으셨는지도 알려주셨습니다. 다음 해 여름 이탈리아로 한 달 여행을 갈 계획이라 우리나라로 치면 문화센터 같은 곳에서 이태리어를 배우고 계시다고요. 와, 그 놀라움이라니요. 독일 사람들이 이태리 말을 모른다고 여행하는 데 별 지장은 없을 겁니다. 우리가 태국이나 베트남으로 여행을 갈 때, 그 나라 말이나 영어를 몰라도 여행하는 데 큰 지장이 없듯 말입니다, 그런데 그분들은 그 나라 말을 기쁘게, 또 열심히 배우고 계셨습니다. 나이는 숫자에 불과하다지만 70이 넘은 분들이 말입니다.

짧은 만남이었지만, 어떤 수업에서보다도 귀한 배움을 얻을 수 있었던 시간이었습니다. 물론 대화를 시도하지 않았어도 그분들의 모습을 엿본 것만으로 소중한 기억이 되었을 것이 분명하지만 그 순간을 놓치지 않았던 내 자신이 조금은 대견합니다.

지금도 가끔은 미루고, 놓치는 여행을 하고, 일상에서는 여전히 미루기의 달인이지만 그나마 여행을 통해 조금은 나아졌다, 그렇게 위안을 삼고 있습니다.

그리고 여행하듯 일상을 살려고 노력은 하고 있습니다.

의미라는 감각을, 새로고침

같은 상황이 무한반복됨에도 꼬꼬마들이 지치지 않고 까르륵 까르륵 웃는 모습을 본 적 있으시죠? 신기할 따름입니다. 그 친구들은 바보일까요? 능력자일까요? 발달심리학 분야는 잘 모르지만 그 친구들이 늘, 다시, 새롭게 감탄할 수 있는 능력을 가진 것은 분명해 보입니다.

《박사가 사랑한 수식》(이레, 2004)이라는 일본 책(영화) 주인공인 수학박사도 비슷한 능력을 가지고 있습니다. 매일매일 새로, 숫자의 심오한 의미에 대해 경탄을 표하지요. 단기기억력만이 남아 모든 것을 24시간 안에 잊어버리는 그는 가사도우미의 이름과 나이, 신발 문수를 계속 새로 묻습니다. 잊어버리기 때문에 매일이 새로운 시작인 셈이지요.

그런데 그는 어떤 숫자를 들을 때마다 참 순수한 숫자다, 고귀한 숫자다, 이렇게 답을 합니다. 나에게는 도구적 합리성, 계산가능성을 말해주는 것일 뿐이었던 차갑고 무미건조한 숫자가 그 누구에게는 삼라만상의 아름다운 의미일 수 있다는, 깨달음!

안타깝게도 꼬꼬마 시절은 오래전에 지났고, 소설 속 수학박사처럼 기억력 관련 질환을 앓고 있는 것도 아니어서 무한반복일 것으로 가정되는 일상에 매일 놀라고, 매일 새로운 의미를 부여하고, 매일 감사하는 마음으로 살기 쉽지 않습니다.

그런데 그런 우리를 위해 개발된 기막힌 장치가 있습니다. 온갖 절기, 명절, 기념일 등등. 그리고 그 무엇보다 달력이 압권인데 이를 통해 그날이 그날인 날에 모종의 의미가 부여된 것이지요. 이런 장치들은 시간을 파악 가능한 것으로 만들어주고 시작과 끝의 감각을 연출해주며 새로운 의미 부여가 가능하게 도와줍니다. 무슨 무슨 기념일 같은 것들이 과도하게 상업적으로 이용되는 것이 불편하고 기념일이나 명절을 혼자 보내거나 할 때 마음이 좀 울적해지는 것이 바보스럽게 느껴질 때도 있지만, 그날이 그날인 날에 뭔가 의미를 부여하는 것 자체는 인류의 기발한 발명품이라고 생각합니다.

대표적인 것이 해가 바뀌는 것이겠지요. 오늘 해와 내일 해가 다를 리 있겠는지요. 다른 것은 그 해를 바라보는 우리의 마음일 겁니다. 인산인해를 무릅쓰고 사람들은 새해 일출 명소를 찾아가는 수고를 반복합니다. 왜 인간은 똑같은 해를 다른 해라 '우기고 싶어 하는' 것일까요? 헌 해, 새해를 만들어내는 인간은 참으로 의미를 먹고 사는 동물이라 아니할 수 없습니다.

　나는 의미를 부여하는 일은 인간 '실존'을 위한 몸부림이라고 생각합니다. 그런데 어느 순간 우리는 의미는 무슨 개뿔, 그냥 사니까 사는 거지, 라는 상태에 이르기도 합니다. 물론 98% 동물인 인간은 2%의 의미 없이도 '생존'할 수는 있겠지요. 하지만 그 2%가 인간을 인간이게 하는 것이니, 인간이 인간이고 싶어 하는 한 포기할 수 있는 일도 아닙니다. 어찌 보면 삶은 그것이 지속되는 한 무의미와의 전쟁일지도 모릅니다.

　그래서 인간은 또한 여행을 필요로 하는지도 모릅니다. 일상으로부터의 이탈 경험인 여행을 통해 우리는 삶의 현장인 일상을 보는 '다른 눈'을 갖게 됩니다. 여행을 통해 다시 일상을 살아갈 힘을 얻게 된다는 것은 단순한 수사가 아닙니다.

　여행은 그저 그런 날들의 연속인 일상 속에 무뎌진 의미의 '감각'을 일깨워줍니다. 보지 않았던(못했던 또는 관심두지 않았던) 일상의 구성요소들에 대한 것들을 다시 보게 해줍니다. 여행은 다시 어린아이가 되지 않고도, 기억력을 잃지 않고도, 처음인 것 같은 이방인의 시선을 만들어줍니다. 이렇게 일상의 의미에 대한 감각이 '새로고침'됩니다.

　떠나지 않고도 이 모든 것들이 가능한 사람은 굳이 여행을 갈 필요가 없을지도요. 그러나 범인凡人들에게 평범한 것의 소중함은 그것이 사라진 후에야 보입니다. 일상을 떠나 봐야 일상의 소중함과 의미를 되새기게 되는 것, 그것 또한 보통 우리네의 속사정입니다. 나 또한 자주 잊는 편입니다. 쉽게 지치고, 방전되지요. 그래서일지도 모릅니다. 늘 떠날 꿈을 꾸는 건…….

여행은 나를, 다시 모든 것을 궁금해하고 모든 것에 의미를 부여할 수 있는 '능력자'로 만들어줍니다. 나는 그렇게 살고 싶습니다. 지구별에 사는 동안 내가 계속 많은 사소한 것들에 의미를 부여하는 사람이면 좋겠습니다. 말했듯 그것은 일종의 능력이고, 새로움에 대한 기대이자 다시 시작할 수 있는 마음일 테니. 내 인생이 그러했으면 좋겠습니다. 그러니 나는 여행자일 수밖에 없습니다. 그리고 어떤 의미에서건 막다른 길에 섰다고 생각하는 사람들이 짐을 싸고 다시 길 위에 서는 이유에 깊이 공감합니다.

내 생일이 소수와 완전수로 이루어진 참 좋은 날인 것도 《박사가 사랑한 수식》을 읽으며 인지했네요. 학창시절, 내게 숫자의 의미를 알려주는 이런 수학 선생님을 만났더라면, 내가 수학을 조금은 더 좋아하지 않았을까 하는 엉뚱한 생각도 했더랬습니다. 이 수학자는 기억력은 잃었지만 자신이 사랑하는 숫자들에 의미를 부여할 수 있었던 한 행복하지 않았을까 생각합니다.

어디서 살고 싶은가

공간이라는 주제에 관심이 많습니다. '사람이 책을 만들지만 책이 사람을 만든다'는 문장에서 책이란 단어를 공간으로 바꾸어도 똑같이 말이 된다고 생각합니다. 그러니 우리가 어떤 공간에서 살고 있는지, 어떤 공간에서 살고 싶은지에 대해 고민하지 않을 수 없지요. 사회 전체적으로도 공간에 대한 관심이 점점 더 많아지는 것을 느낍니다.

꽤 오래된 내 즐거운(?) 고민 중 하나도 '어디에서 어떻게 살 것인가' 하는 겁니다. 물론 직장이 있기 때문에 당장의 문제는 아닙니다만 건강 문제가 생기면서 진지하게 고민 중입니다. 그리고 다른 사람들은 주거지를 어떤 기준에서 정하는지도 호기심 있게 살펴보고 있습니다. 돈이 너무 많아서 걱정인 사람들은 제외하고 현실적인 수준에서 말입니다.

사실 주거지를 온전한 자유의지로 선택할 수 있는 사람은 많지 않겠지요. 태어난 곳부터가 선택이 아니니까요. 나도 부모가 나를 낳아준 곳에서 자랐고, 공부한다고 남의 나라에 가 있었고, 지금은 직장 관계로 지역적 연고가 없는 곳에 살고 있습니다. 가정적假定的 질문은 이런 거지요. 내가 거주지를 자유의지로 택할 수 있다면.

나는 조금씩 그 기준을 찾아가는 중입니다. 그런데 그 과정 또한 '나를 알아가는 일'에 다름 아니라는 것을 알아가고 있습니다. 지금까지 생각해본 것들을 한번 정리해 보겠습니다.

고향이 시골인 분들은 적지 않은 경우 은퇴 후 고향으로 가고 싶다고들 하시던데 고향이 서울인 나는 대도시에서 살 생각은 없는 관계로 처음부터 다시 생각을 해야 합니다.(서울은 아주 장점이 많은 도시이고 내 고향이기도 하지만 개인적 의견으로는 하나의 공동체로서 기능할 수 있고 주거지로 적당한 도시 크기였으면 싶습니다.)

우선 나는 대도시형 인간은 아닌 듯합니다. 도시의 역동성, 다양성도 좋기는 하나, 내 일상의 시간을 앞으로도 계속 콘크리트 더미 속에서 보내고 싶지는 않습니다. 일상에서 가능한 대로 많은 초록과 함께 지낼 수 있는 방법을 찾으려 합니다. 풍광이 수려하면 금상첨화겠지요?

그렇다고 내가 완전 시골에서 살 수 있는 인간인가 하면 그건 또 아닌 것 같습니다. 평생 한 번도 그렇게 살아오지를 않았고, 이제 와서 그렇게 산다는 건 무리일 듯싶네요. 생활의 편리성 등도 생각하면 아마 인구 최대 100만 이하의 도시가 될 것 같습니다.

도시 자체로만 보면 내가 다녀본 곳들 중 강릉, 경주, 순천, 통영에 마음이 끌렸습니다. 강릉은 도시 슬로건 대로 솔향, 바다향 가득한 아름다운 경관을 자랑하는 곳이고, 강원도치고는 온화한 날씨도 매력적이지요. 경주는 도시 안에 아름다운 무덤이 많은 '무덤의 도시'라 마음에 듭니다. 일상 안에서 자연스레 죽음을 살게 하는 공간이지요. 도시 전체가 문화유적지라 앞으로도 계속 대규모 개발 가능성이 적다는 것이 나쁘지 않은 조건입니다.

순천은 비슷한 규모의 우리나라 도시 중 맥락 없이 여기저기 삐죽삐죽 솟은 높은 건물들이 다른 곳보다 훨씬 적은 것 같습니다. 탁 트인 온화한 경관이 인상적입니다. 생태 환경 보존이 이 도시가 추구하는 미래이니 아마 앞으로도 망가질 일이 적지 않겠나 하는 기대도 있습니다. 인요한 의사선생님이 순천분이라는 것도 순천에 대한 애정을 크게 합니다.

통영도 내가 아주 애정하는 곳입니다. 풍광이야 두말하면 잔소리. 갈 때마다 눈물이 날 만큼 좋습니다. 우리나라 도시 중 겨울에 가장 따뜻한 곳 중 한 곳이고 봄이 가장 먼저 오는 곳. 관광도시라 규모에 비해 타 지역과의 교류도 많은 곳이지요.

두 번째, 고속도로나 기차역, 공항 등을 이용하기가 크게 불편하지 않았으면 좋겠다는 바람이 있습니다. 하이패스도 없는 차를 몰고 다니며 어떻게 하면 고속도로를 안 탈까 고민하는 사람이지만, 유사시를 대비해 신속한 이동 가능성을 확보해 둘 필요성은 있겠지요. 그러다 보니 여행지로서의 섬은 정말 매력적이나 삶의 자리에 대한 고민에서는 후순위로 밀리네요.

세 번째, 중요한 날씨를 빼먹으면 안 되지요! 더운 곳, 추운 곳 중 선택하라면 나는 고민 없이 전자입니다. 일단 해가 풍부하다는 뜻일 테니 그건 선택의 여지가 없습니다. 그래서 대한민국 안에서는 남해안 쪽에 관심이 많습니다. 그런데 우리나라가 점점 아열대 기후로 변해가고 있다 하니 여름이 걱정이긴 하네요. 이번에 해결책을 찾았습니다. 일 년에 두 달은 대관령 주민으로 사는 것으로요. 통일이 되거나 남북 교류가 자유로워지면 북한 땅도 좋고요.

네 번째, 그 공간을 사랑하고, 더 재미있는 곳으로 만들 궁리를 하는 사람들이 많이 살고, 외부와의 소통이 활발한 곳이면 좋겠습니다. 혼자서도 어디에서나 잘 먹고, 잘 놀 자신은 있지만 그래도 주변에 재미있는 사람들이 재미있는 일을 많이 꾸며주면 그리고 외부에서 새로운 기운들도 자주 유입되면 덕분에 나도 더 즐겁지 않겠는지요. 그리고 그런 곳이라면 분명 나도 작게나마 기여할 수 있는 부분이 있으리라 생각합니다. 암튼 그러려면 고유한 매력이 분명한 곳이어야겠지요.

다섯 번째, 걸어서 움직일 수 있는 반경의 주변 환경도 중요합니다. 작은 도서관이나 서점, 맘에 드는 카페나 식당이 가까이 있으면 좋겠지요. 그러나 경건한 공간 가까이에 살고 싶은 마음이 더 큽니다. 예를 들어 성당이나 수도원, 성지 옆에요. 수목원 옆에 사는 것도 진지하게 고민 중입니다. 이 모두가 주변에 기생해서 삶의 아름다움과 경건함을 지키며 살려는 욕심입니다.

이런 곳은 과연 어디일까요? 찍어둔 곳들이 있기는 하지만 마땅한 곳이 떠오른다면 알려주시면 고맙겠습니다. 일단 여름은 대관령에서 나는 것으로 정했으니…….

Space vs. Place

공간(space)이라는 말과 장소(place)라는 말을 어떤 때 어떻게 사용하시나요? 물론 공간이라는 개념은 장소 개념을 포함하는 큰 개념으로 이해될 수도 있지만 이 두 단어를 구분해서 사용하기도 하는데 그 기준은 구체성, 체험성 같은 것들입니다. '고향'은 물리적이고 추상적이고 지표적인 것을 넘어서는 구체성, 체험성을 갖고 있는 장소의 대표적 예라고 할 수 있지요. 소유격을 사용하려면 공간이라는 말보다는 장소라는 말이 제격이겠지요. 어떤 공간은 나와 우리 삶이 포개지면서 장소화되어 간다고 할 수 있겠습니다.

어떤 글에서 장소를 많이 가지고 있는 인간이 행복할 가능성이 더 높다, 행복해지려면 장소를 많이 만들어야 한다는 이야기를 공감하며 읽은 기억이 있습니다. 이와 관련된 이야기가 문화심리학자 김정운 선생님의 책《바닷가 작업실에서는 전혀 다른 시간이 흐른다》(21세기북스, 2019)에서 '슈필라움Spielraum(직역하면 놀이 공간이라는 독일어, 타인에게 방해받지 않는 자기만의 공간이란 의미로 사용)' 개념을 중심으로 다뤄지고 있어 재미있게 읽기도 했습니다. 장소는 내가 그곳에서 머무른 시간, 그 시간 안에 쌓인 나의 삶과 밀접하게 관련이 있지요. 장소는 내 삶의 기쁨과 슬픔, 환희와 탄식, 적어도 그 일부를 기억하고 있는 곳입니다.

어린왕자가 여우를 길들이듯, 내가 들이는 시간과 노력이 어떤 공간을 장소로 만듭니다. 학생들과《이야기가 있는 경북대 문화지도》라는 책 작업을 했을 때 참여했던 한 친구가 했던 말을 기억하고 있습니다.

"선생님, 학교를 사랑하게 되었어요."

그 작업이 대단한 일이어서가 아니라 자신이 직접 자료를 찾고 인터뷰를 하고 사진을 찍고 정리했던 시간이 그런 의미를 만들어주었을 겁니다. '자신의 학교를 장소로 느끼게 하는 것', '자신의 이야기를 담고 있는 학교를 저절로 사랑하게 되는 것'이 내가 그 작업을 통해 참여 학생들에게 가장 주고 싶었던 선물이기도 했기에 그걸 스스로 알아내 자기 것으로 만든 그 친구가 고맙고 대견했습니다.

여행을 통해서도 어떤 공간이 장소가 될 수 있다고 생각합니다. 하지만 최소한의 시간이 필요한 것 같습니다. 서유럽 7박 8일, 미안하지만 이런 식의 여행 일정으로는 좀 부족할 것 같네요. 길면 길수록 좋겠으나 적게 잡아도 한 공간에 열흘 정도는 필요하지 않을까요?

　나는 이번 두 달 살기 여행을 통해 또 하나의 '장소'를 얻은 셈입니다. 이곳 대관령을 그리워하게 될 것 같습니다. 아직 이곳에 있으면서도 벌써 그리움이 생깁니다.

　그런데 참, 당신은 어떤 공간을, 무엇을 매개로, 어떻게 기억하시나요? 동료 사회학자이자 시인인 심보선 선생님의 산문집《그쪽의 풍경은 환한가》(문학동네, 2019)를 읽고 있습니다. 심 선생님은 당신이 공부했던 도시 뉴욕을 그리워하는 단 하나의 이유가 '리버사이드 파크의 벤치' 때문이라고 쓰셨더군요. 내게도 그런 비슷한 장소들이 있습니다. 해바라기인 내게는 주로 해가 종일 드는 따뜻한 남쪽의 장소들이죠. 유학 시절 원룸의 작은 테라스, 학교 박물관 근처 벤치, 햇살 가득한 카페의 크고 넓은 창가 자리…… 모두 나의 '편안한 작은 구석' 같은 곳들입니다.

　이곳 대관령에서 나는 어느 근사한 한옥 호텔의 카페 겸 레스토랑에서 내다보이는 '벼락 맞은 버드나무'를 좋아하게 되었습니다. 어쩌다 벼락을 맞았는지, 벼락을 맞고도 어찌 살아남았는지, 어쩌다 이곳에 옮겨 심어지게 되었는지 뒤로 보이는 숲의 빽빽한 나무들을 병풍 삼아 독야청청 서 있는, 살아온 세월을 짐작할 수 없게 작은 몸집을 가진 그 나무를 보고 있으면 좋기도 하고 안타깝기도 하고 슬프기도 합니다. 그리고 그 나무를 나처럼 좋아하는 사람이 많았으면 좋겠기도 하고, 없었으면 좋겠기도 합니다. 아마도 내가 이곳을 그리워하게 될 때 떠오르는 풍경 중에 분명 이 버드나무가 있을 것이라고 생각합니다. 그렇게 이곳은 내게 '장소'가 되어가고 있습니다.

어떤 공간이 좋은 공간일까요? 관점에 따라 다양한 기준이 있을 수 있고, 책 한 권을 쓸 만큼의 크고 중요한 주제라고 생각하지만, 앞서 이야기했던 것처럼 나는 어떤 곳을 장소로 여기며 사는 사람이 많은지가 중요한 기준 중 하나가 아닐까라는 주장을 펴고 싶습니다. '지역 소멸 가능성'에 대한 이야기가 나온 지 꽤 되었고, 각 지자체들은 '한 방의 역전'을 위해 크고 화려한 행사 유치에 몰두하기도 하고, 유명한 건축가를 모셔와 길이 남을 랜드마크를 짓는 데 열을 올리기도 하지만 내 생각에 관건은 그곳에 사는 사람들이 그 공간을 장소로 생각하는가, 입니다.

그곳을 장소로 생각한다는 것은 사람들이 그곳에 의미를 두고 있다는 것이고 그곳을 사랑한다는 것이니, 그 마음이야말로 그 공간을 지키는 최후의 보루가 될 것이기 때문입니다.

강릉의 고래책방을 방문했었습니다. 강릉에 대한 주인장의 애정이 한눈에 보이는 공간이었습니다. 강릉을 소개하는 별도의 공간까지 마련해 두셨더군요. 수도권 과밀 집중에 대한 비판도, 지역의 미래에 대한 걱정도 많지만 가는 곳마다 이렇게 그곳을 장소로 여기는 사람들, 그곳을 진정 사랑하는 사람들을 만날 수 있습니다. 고맙고 다행스럽게도 말입니다. 내가 우리나라 지역의 미래에 대해 아직은 긍정적일 수 있는 유일한 이유, 그들입니다.

결국 내게 가장 중요한 것은 돌고 돌아 '사람'이네요. 그러고 보니 내가 공부했던, 내 인생에 있어 매우 중요한 장소인 독일 뮌헨이라는 도시를 생각해봐도 수많은 생각이 오가지만, 결국 그곳에 있었던 한 사람, 내게 그곳이 소중해진 가장 큰 이유, 그 사람이네요.

당신은 당신의 삶이 지나온 공간들을 어떻게 기억하고 계십니까? 장소를 많이 갖고 있으신지요? 당신이 사는 곳을 사랑하시나요? 그렇다면 당신은 스스로를 사랑하는 사람일 겁니다. 사랑하는 사람과 함께한 기억을 사랑하는 사람일 겁니다.

여행 중에 짓는 집

누구나 여행을 할 때 좀 더 관심을 갖는 부분이 있을 겁니다. 예술일 수도, 스포츠일 수도, 맛집일 수도 있겠지요. 꼭 가보게 되는 공간도 있을 겁니다.

나 같은 경우는 직업 때문인지 학교 공간에도 관심이 많습니다. 어떤 곳에 가게 되면 기회 되는 대로 그곳의 학교들을 방문합니다. 아직도 너무 비슷비슷한 초등학교의 모습에 쓴 웃음을 짓게도 되고(그중 압권은 어쩌다 반공의 상징이 되어 버린 '나는 공산당이 싫어요' 이승복 어린이 동상이지요. 아직도 많습니다!) 산뜻한 새로운 공간에 걸린 어린 친구들의 글과 그림을 보며 웃음 짓게도 됩니다. 내 어릴 적 기억도 살포시 얹혀지네요. 콜라에 간장, 식초 등을 섞어 장난을 치던 짓궂은 친구들이 지금은…….

대학 공간을 보면서는 자연스레 우리 학교랑 비교해보게 되지요. 이런 건 이곳이 참 좋구나, 이런 건 우리 학교보다 못하네, 하면서요. 자신의 학교를 진심 자랑스러워하며 열심히 가이드 하던 버클리대학교 학생도 기억나고, 거의 하나의 마을이던 마드리드 대학도 생각납니다. 넓고 아름다운 캠퍼스를 자랑하는 스탠포드 대학에 대해서는 제일 먼저 기억나는 것이 교내 카페테리아에서 팔던 바비큐이니, 재미있는 일입니다. 인권센터가 학생들이 많이 오가는 1층에 자리 잡은 학교를 보고 칭찬해주고 싶었던 기억도, 학교를 확장하면서 옛 교문을 보존한 경남과학기술대학교(구 진주산업대학교)의 역사의식을 부러워했던 기억도 납니다.

종교 공간에도 관심이 많이 갑니다. 하루여행을 가야겠다 싶을 때 그런데 딱히 떠오르는 곳이 없을 때, 가장 만만한(?) 곳이 사찰입니다. 대부분의 사찰은 풍광 좋은 곳에 자리 잡고 있어 사찰을 찾아가는 것 자체가 초록 휴식이 되기 때문입니다. 차 한 잔의 인심은 자주 덤으로 따라옵니다. 오래된 교회나 성당도 열심히 찾아다닙니다. 종교적 공간이 전해주는 경건함에 잠시 숨을 고를 수 있습니다. 그저 가만히 앉아 있기만 해도 좋습니다. 기원하는 마음을 담아 정성으로 지은 공간들이라 건축물 자체를 구경하는 재미도 크지요. 대구에서 가까운 하양의 무학로교회, 밀양의 명례성지도 꼭 한번 들러봐야겠다 맘먹고 있습니다. 승효상 선생님 작품이기도 해서요.

여행하는 지역을 사랑하는 사람들이 운영하는 공간을 방문하기 좋아합니다. 오래된 현지 맛집 식당뿐 아니라 지역의 젊은 친구들이 새롭게 시작하는 공간 등이 내가 빠뜨리지 않고 가보려는 곳들입니다. 여행지의 어제와 오늘을 살짝이나마 함께 호흡해 볼 수 있어 좋아합니다. 작은 책방, 도서관도 꼭 가야 하는 곳입니다. 어린 시절 한때 별명이 책벌레이기도 했던 나는 책으로 둘러싸인 공간에 있으면 마음이 편안해집니다. 뭔가 뿌듯하고 배가 부른 느낌이기도 한 것 같아요.

체인 카페나 빵집을 거의 이용하지 않는 내게 개인이 운영하는 카페나 빵집 투어도 빠질 수 없습니다. 그중에서도 주로 커피, 빵, 디저트를 직접 만드는 곳을 방문합니다. 어딜 가도 먹을 수 있고 마실 수 있는 것을 일부러 찾아가서 먹거나 마실 필요까지야 없겠지요. 개성적인 공간을 만들어가는 주인이 있는 곳이, 그분의 삶의 이야기를 엿볼 수 있는 곳이 좋습니다. 아마 나 같은 사람만 있으면 체인점 카페나 빵집은 다 망하지 싶습니다. 다행히 사실이 아닙니다만…….

나무나 숲도 내 주요 관심사 중 하나입니다. 나는 나름 나무 애호가이고 말했듯이 수목원 '옆에' 살 생각이 있으며 전생에 나무였을 것이라고 주장하는 사람이기도 합니다. 돌아다니기도 수다 떨기도 좋아하는 인간이 나무를 사랑하는 마음은, 아마도 나와 다른 나무의 '인내와 위엄'에 끌리는 마음일지도요.

나무를 찍고 싶어 카메라를 갖고 싶다는 생각을 잠깐이지만 했었고 한때는 고목에 관한 에세이를 쓰고 싶다는 생각도 했으나 이미 많은 사람들이 했더군요. 그래서 깨끗이 포기했습니다. 그래도 내 시선은 여전히 늘 나무를 향합니다. 오래된 나무들은 경외감을 불러일으키기에 조금도 부족함이 없습니다. 같은 자리에서 내가 알 수 없는 긴 시간을 건너온 고목, 그 고목의 마음속이 언제나 궁금합니다.

여행지로서 내가 선호하는 공간에 섬이 빠질 수 없습니다. 섬이라는 공간의 고립성이 여행자에게는 무척이나 매력적이지요. 마치 여행자의 고독을 응원해주는 것 같아서. 거주자에게는 큰 불편함일 수도 있는 것이 낭만적인 여행자에게는 매력일 수 있다니 아이러니하지만 섬이라는 공간이 가지는 고유한 특성으로 이해해주시기를요. 뚜벅이 여행자인 내게 섬이 매력적인 또 하나의 이유는 아무 생각 없이 걸어도 걸어도, 걷다 길을 잃어도 어차피 그 섬 안일 것이라는 점입니다. 뭔가 완결된 나만의 세계 안에 사는 느낌이라고나 할까요? 암튼 늘 '그 섬에 가고 싶습니다'.

새롭게 내 관심이 집중되고 있는 공간은 집입니다. 한 번은 내 집을 지어봐야 하지 않을까 하는 로망을 가진 사람 중에 나도 낍니다. 동물들 중에 자기 집을 자기가 못 짓는 유일한 존재가 인간이라는 주장에도 마음이 솔깃해집니다. 암튼 이런 집, 저런 집을 보며 나름의 품평을 하고, 내가 집을 짓는다는 가정 하에 상상의 나래를 펼칩니다. 정말 내가 집을 지을 수 있는 날이 올지는 알 수 없지만 꿈은 지금 꿀 수 있는 것이니까요.

글을 쓰다 보니, 문득 여행 중에 머무는 성당, 절, 서점, 카페, 어느 외딴 섬 고목의 그늘, 그 모든 곳이 내게 잠시 '집'이 되어주는구나 싶은 깨달음이 다녀가네요. 이미 집 부자인 듯합니다.

여행 중엔 관광 안내서보다 자신을 더 자세히 관찰할 일입니다. 그러면 보일 겁니다. 내 시선이 어디로 향하는지, 내 마음이 무엇을 향하는지……

작고 사소함에 대한 변명

나름 관찰력이 있는 축에 낀다고 자부합니다. 그중에서도 작고 사소한 것들에 관심이 많은 편입니다. 작고 사소한 것들을 대중상 품화하는 데 탁월한 역량을 보이는 나영석 피디의 프로그램 제목처럼, 보통은 알아도 별 쓸모없는 그런 것들에 대한 관심입니다.

이런 나를 주변 사람들은 다 먹고 살 만하니까 그러는 거다, 덜 바쁜가 보다 등의 말로 살짝살짝 긁곤 합니다. 그런가요? 그럴 수도 있겠지요. 먹고 살기 바쁜데 오늘은 어제보다 별이 한 개 더 보이는지를 알아챌 틈이, 새로 핀 풀꽃 이름이 뭔지가 궁금할 틈이 있겠나 싶습니다. 그런데 나 같은 사람들 중에도 나 같지 않은 사람들이 많더라고요. 서로 관심사가 달라서이겠지요. 암튼 나는 보통의 많은 사람들이 안 궁금해하는 것이 궁금합니다.

고민을 진지하게 한 적이 있었습니다. 왜 나는 사람들이 보통 쓸데없다고 생각하는 것들이 궁금한가? 내가 발견한 이유 하나는 '뭔가 새로운 것에 대한 갈망'입니다. 그런데 그 갈망 또한 내가 생각하기에 대단한 이유가 있는 것이 아닙니다. 아니 대단한 이유 인지도 모르겠네요. 그것이 나의 생존권과 관련되어 있다는 점에 서요.

어제와 똑같다고 생각되는 날을, 나는 건강하게 살아낼 자신이 없습니다. 그렇다고 전 지구적인 변화가 매일의 내 일상에서 감지 되는 것도 아니고, 내 주변에서 매일 엄청난 변화가 일어나는 것 도 아니니, 자연스레 작고 사소한 것들의 움직임에 관심을 기울이 게 되는 것 같습니다. 그것들은 매일 매순간 변화를 감지하게 해 주니까요.

어제 미처 피지 않았던 꽃봉오리가 오늘은 꽃을 피웠고, 어제 는 불던 바람이 오늘은 잔잔해졌고, 늘 지나다니는 길 옆 가게 주 인의 옷차림이 화사해졌고, 그런 소소한 변화들, 그 변화를 읽어 내려는 노력이 나의 일상을 무너지지 않게 지탱해줍니다.

그리고 인간을 집단적으로 나누는 오만가지 방법이 있을 텐데 그중 하나가 내 생각에는 '행정가형 인간'과 '예술가형 인간'의 분류인 것 같습니다. 그저 내가 임의로 만들어낸 분류인데 전자가 뭔가 안정적인 것, 지속되는 것에 매료되는 사람이라면 후자는 생 동하는 것, 변화하는 것에 매료되는 사람이라 생각해봅니다.

나는 전형적으로 후자에 속하는 사람인 듯한데 불행하게도 예술가가 되지는 못한, 그러나 약간의 예술가적 기질은 가진, 예술가가 되고 싶은, 예술가를 흠모하는, 그런 사람이라 스스로 생각합니다. 나 대신 세상의 모든 것들을 아파하는 작가들을 나는 '후천적 면역결핍증'에 걸린 사람들이라 칭하곤 하는데 그 정도는 아니지만 나도 예술가 유형에 속하는 인간이어서 작고 사소한 것들과 그 변화에 집착하는 것이라 아주 자의적인 해석도 해 봅니다.

그리고 이 세상 모든 것들은 서로 연결되어 있으니 아주 작고 사소한 것들을 자세히 잘 들여다보는 작업을 통해서도 세상이 읽힙니다. 이렇게 나는 오늘도 세상의 온갖 쓸모없어 보이는 것들에 대한 나의 끝없는 관심을 다양한 방식으로 정당화합니다.

오대산 월정사 근처 작은 숲길에서 봤던 나무는 도토리나무일까요? 상수리나무일까요? 도토리나무 = 상수리나무인가요? 이 나무의 꽃은 처음 본 것 같은데 왜 지금까지 나는 한 번도 꽃을 보지 못했을까요? 이후에도 궁금증이 꼬리에 꼬리를 뭅니다.

게으른 나는 물론 계속 궁금해만 합니다. 때로는 궁금증은 궁금증일 때 더 아름답다는 그럴싸한 나만의 이유를 품고 맙니다. 그러나 오늘 하루의 여행길을 작고 사소한 것들에 대한 깊은 관심으로 잘 살아냈다는 말씀은 꼭 드리고 싶습니다.

그리 별난 사람이 되고 싶었던 것은 아니었으나

좀 별나다, 특별나다는 얘기를 종종 듣습니다. 그때마다 우리 모두 다 어딘가는 조금씩 별나지 않나요? 나를 별나다, 하는 당신도 나름 별나지 않나요? 이렇게 응대하곤 하지만 그래도 당신은 조금 더 별나다는 이야기가 되돌아옵니다. 그렇군요, 그럼 그냥 내가 좀 더 별난 걸로요.

멀쩡한 집 놔두고 낯선 곳에 혼자 와서 두 달 동안 살며, 아주 멀쩡히 재미있게 잘 살고 있는 나를 보는 다른 사람들 시선도 크게 다르지 않겠다 싶기도 합니다. 되돌아보면 내가 아주 눈에 띄게 별나지는 않았던 것 같고, 지금도 겉으로 보기에 아주 별난 사람은 아니라고 생각합니다. 그래도 적잖은 사람들은 나를 별나다 합니다.

결론부터 얘기하자면 나는 결과적으로 별나진 것 같습니다. 별나고 싶었던 강한 의지가 있었던 것은 아니었지만 내가 하고 싶은 말과 행동을 하고, 내가 하고 싶지 않은 말과 행동을 하지 않는 것이 다른 사람들 눈에는 별나 보이나 봅니다.

나는 다만 하고 싶은 것을 하고, 하고 싶지 않은 것을 하지 않을 뿐입니다. 매번은 아니지만, 그러려고 노력은 했던 것 같습니다. 다른 사람에게 피해가 가지 않는 일이라면 왜 하고 싶은 것을 하지 않고, 하고 싶지 않은 것을 해야 하나요? 물론 살다 보면 하고 싶은 것을 하지 못하는 때도 있고 하고 싶지 않은 것을 해야 하는 때도 있지만 가능한 그런 상황을 덜 만들어야겠지요?

예를 들어 대학교 1~2학년 때 나는 알록달록한 양철가방을 들고 다녔습니다. 예쁘고 맘에 들었으니까요. 그런데 데모가 일상이던 80년대 대학가에서 데모주동학과였던 사회학과 학생이 그런 가방을 들고 다니는 것이 다른 사람들 눈에는 살짝 이상하게 보였나 봅니다. 지금도 그 얘기를 하는 동문들이 간혹 있습니다. 정작 나는 그때는 잘 몰랐는데 지금 생각해보니 그랬을 수도 있겠다 싶네요. 그런데 그때 내가 다른 사람들의 생각을 알았다고 해도 들고 다녔을 것 같습니다.

홀로 제주도 여행 중에 꼭 가보고 싶었던 돼지고깃집이 있었습니다. 원통형 깡통 테이블에 소주도 한잔 걸치는 집. 혼자 가기엔 좀 뻘쭘한 그런 집이었지요. 살짝 고민이 되었지만, 갔었습니다. 왜 내가 가고 싶은 식당을 혼자라는 이유로 못 가야 하나요? 물론 그 집 장사에 피해를 주지 않기 위해 바쁜 시간은 피해 가는 센스도 발휘했답니다. 맛, 있었습니다. 호기심? 연민의 시선? 아뇨, 거의 아무도 신경 안 쓰던데요. 그리고 설사 그러면 좀 어떻습니까?

가끔 사람들은 말합니다. 다른 사람들은 보통 그렇게 안 하는데요, 이게 잘 팔리는데요, 내 대답은 "그런데요?"입니다. 다른 사람들이 보통 그렇게 안 한다 해서 나도 안 해야 한다는 '법'이 있는 것은 아니니까요. 다른 사람들이 좋아하는 것이라 해서 내가 좋아해야 하는 '법'이 있는 건 아니지 않나요?

대관령 두 달 살이를 하는 나를 신기하게, 의아하게 보는 사람이 있을 수 있지만 그것도 내가 이 일을 하는 데 걸림돌이 되지는 않았습니다. 할 수 있는 일이고, 하고 싶은 일이고, 내게 의미가 있는 일이라면 하는 거지요.

나는 여전히 아주 별난 사람이 될 의지는 없습니다. 그러나 떠나고 싶을 때 떠날 수 있는 사람이고 싶고, 가고 싶을 때 갈 수 있는 사람이고 싶고, 말하고 싶을 때 말할 수 있는 사람이고 싶습니다. 헤르만 헤세가 "여행을 떠날 준비가 된 사람만이 자신을 묶고 있는 속박에서 벗어날 수 있다"고 했다는데, 매일 9시에 출근하는 직장에는 애당초 다닐 생각조차 없었던 나는 온갖 속박에서 벗어나고 싶어 결과적으로 별난 사람이 되어가고 있나 봅니다.

어떻게 살까 _ 대관령 사람들

　평균적인 여행자에 비해서 나는 여행 중에 많은 이들과 새로운 인연을 만드는 사람에 속할 겁니다. 이번엔 두 달이란 기간을 한곳에 머물다 보니, 나의 다른 여행들에 비해서도 다채로운 인연들을 만났습니다.

　대관령 첫 이웃인 라이브 카페 노기하우스 식구들, 남편 고향에서 펜션을 하시며 원래 직업을 살려 제대로 갖춰진 교습장에서 댄스 교습도 하시는 멋진 선생님, 밝고 명랑한 기운의 댄스 수업 동료분들, 자신을 '꽃과 클래식, 장인정신을 좋아합니다'라고 소개하시는 이웃 펜션 주인장님, 감자옹심이집을 오랜 기간 운영해 온 내공이 온몸에서 느껴지는 할머니, 청춘떡방에서 직원으로 일하시는 유쾌한 할머니들, 숙소 근처 식당의 밝은 미소가 고운 안주인(물론 음식도 맛있습니다. 어머니가 제가 좋아하는 순천 출신이시라네요. 우리나라에서는 음식 얘기하려면, 전라도 쪽을 물고 들어가야 기본 점수를 받습니다.), 프랑스식 햄(잠봉)까지 직접 만들어 음식을 내던 강릉 청년, 삶의 곡절이 있으셨다지만 봉평 빵집에서 만난 밝고 환하셨던 부산 분. 고맙게도 가까운 곳에서 승마장을 운영하셔서 버킷리스트 중 하나인 승마 배우기를 가능하게 해주신 대표님, 툭툭하지만 순수해 보이시는 승마교관님(대표님 동생. 동생이라 어쩔 수 없이 거기 계시는 거라고 좀 툴툴대시던데요.), 시원시원 열심 많으신 횡계 마을사업추진위원회 위원장님. 그 외에도 많은 '사람책'이 생각나지만 몇 분은 조금 더 길게 이야기를 전하고 싶습니다.

먼저 수십 년간 (아마도 거의) 혼자 양떼목장을 일궈오신 대관령알프스목장 대표님. 선해 보이는 모습 어딘가에서 '고집스러움'이 읽힙니다. 물론 나쁜 의미, 아닙니다. 나는 개인적으로 개성과 고집 좀 있는 사람 좋아하거든요!(식구로는 문제가 있을 수도요.) 숲이 목장이 되기까지, 그 과정을 어떻게 가볍게 생각할 수 있겠는지요? 고집이 좀 있으시니 그 세월을 혼자 일궈오셨겠지요. 사업적으로는 크게 수완이 없어 보이시지만 세상에 이런 분들도 계셔야 되지 않겠습니까?(이름은 좀 바꾸셔야 될 것 같습니다. 제가 드린 아이디어, '아버지의 목장', 기억하시죠?)

대관령삼양목장이나 대관령양떼목장 같은 대형목장과는 여러 가지 면에서 비교하기 어렵겠지만 내 눈엔 한 사람의 인생 전체가 들여다보이는, 아직은 조금 어설퍼 보이는 이 목장에 훨씬 마음이 갑니다. 꼭 열고 싶어 하시는 팬플룻 작은 음악회 계획도 잘 이루어졌으면 좋겠습니다.

정선군 임계면에 살며 양털로 만드는 소품 작업 등을 하시는 유리코 씨. 횡계 플리마켓에 오셨다는데 아쉽게도 그때는 인연이 닿질 않았습니다. 알프스목장 대표님이 보여주신 명함을 통해 우연히 연락이 닿았는데, 우리나라 시골에 사는 일본 분이라는 사실 자체가 신기하기도 하고, 마침 그때 잠시 여행 왔던 일문과 졸업생이 일본에 우프를 다녀온 경험으로 그분에 대해 관심을 표하기도 해서 겸사 그분을 방문했었습니다. 조금 먼 길이라 주저하는 마음이 없지는 않았으나 역시 길은 떠나고 볼 일, 정말 즐거운 만남이었습니다. 아이들도 얼마나 예쁜지요. (이것도 편견이겠으나) 아이들 같은(?) 아이들을 본 것이 얼마 만인지!

강릉에서 우리밀 빵집을 운영하며 '집빵교실'도 여시는 분과의 짧은 만남도 인상적이었습니다. 얘기드렸다시피 나는 고집 좀 있는 분들 좋아하는데 이분도 딱 보면 보입니다. 한 고집 하시겠구나! 수십 년 우리밀 빵집을 운영하신다는 것 자체가 대단하시죠. 그런데 그것도 모자라 전국에 당신의 '빵철학'을 전하러 다니신다네요. 그런데 이분과의 대화에서 가장 기억에 남는 말은 사실 빵에 관한 이야기가 아니라 아드님 이야기였습니다. 멀쩡하게 직장 다니던 아드님을 설득해 빵쟁이를 만드셨다네요. 강릉 빵집과 같은 이름의 빵집을 파주 헤이리에서 운영하고 있다고 들었습니다. 그런데 아들을 그렇게 설득하신 이유가 흥미롭습니다.

"내 자식 애써 길러 대기업 노예 만들 일 있나."

물론 표현 자체는 굉장히 과격하지만 그 말의 속뜻을 헤아릴 수 있을 것 같았습니다. 많은 사람이 자신의 귀한 자식을 대기업에 들여보내지 못해 안달하는 분위기에 경종을 울리는 그런 말이었습니다. 학생들을 가르치는 입장인 내게도 많은 생각을 하게 만든 '화두' 같은 말을 우연히 강릉 빵집에서 들었습니다.

그 외에도 이번 여행길에 많은 사람책을 만났습니다. 스치는 만남에도 삶이 있었고, 배움이 있었습니다. 인연의 그물코는 계속 이어져 두 달 살이 막바지에 봉평면, 평창읍, 안흥면 쪽에 사는 여러분과 만났습니다. 열심히 미래 궁리 중이던 멋진 젊은이들, '본때'를 보여준다며 직접 만든 화덕에서 빵을 굽던 젊은 부부, 과객 머물 곳을 내어주신 스님, 지역의 춥고 긴 겨울에도 불구하고 이웃이 되고 싶단 생각을 들게 하던 선한 기운이 느껴지던 분들, 그분들의 대모 이화님과 대부 월백님……

가지 못한 길이 아쉬운 법. 시간을 아쉬워하며 떠나온 그곳에 계신, 이제 막 시작된 인연들을 생각합니다. 그래서 다음을 기약하게 되니 그것 또한 고마운 일입니다.

머무르는 여행의 힘

대관령에 온 지 벌써(!) 두 달이 다 되어갑니다. 벌써부터 아쉽습니다. 생각했던 것보다, 기대했던 것보다, 더 좋습니다. 외국살이의 경험과 비교되는 측면도 있습니다. 아무래도 외국 여행 중에는 일상을 산다 해도 지금보다는 훨씬 더 긴장된 상태로 살게 되지요. 산도 물도 낯선 곳이니까요. 기회비용도 상대적으로 크니 그 시간을 알차게 보내야 한다는 모종의 압박도 없지는 않은 것 같습니다.

그에 비해 이곳 대관령은 내게 어쩌면 1/4만 외국 같은 느낌이랄까요? 여행이자 일상이고, 낯섦에 익숙함이 적절하게 섞여 있는 느낌. 다르긴 하지만 크게 긴장할 만큼은 아니고, 조금 더 여유롭게 색다른 재미를 더 많이 느낄 수 있습니다. 지내보니 전체적으로 생활비가 더 든 것 같지도 않습니다. 그래서일까요, 저 같은 경우 외국 여행 한 달 정도면 집에 가고 싶어지던데 여기는 살라면 살겠네요. 물론 겨울은 빼고요!

이곳에서 나는 절반은 여행자로, 절반은 일상인으로 사는 것 같습니다. 물론 여행자로서도 일상인으로서도 게으른 것은 마찬가지입니다. 시간이 좀 있으니, 날이 좋으면 실외로, 날이 안 좋으면 실내로, 시간 되는 대로 몸이 허락하는 만큼만 휘적휘적 다닙니다. 가다가 중간에 새서 엉뚱한 일 하다 오는 경우도 허다하지만 뭐 어떤가요? '일상적 여행'이 가능한 시간이니.

두 달이나 되는 시간이니 일상의 삶도 살아야 합니다. 물론 이곳의 일상은 평상시와는 조금 다른 일상입니다. 말했듯이 낯섦이 많이 스며있는 일상이고, 생존과 관련된 각종 의무와 상처로 가득한 나의 원래 일상과는 유리된 또 하나의 일상이라 그 느낌이 다르지요. 여행자의 마음으로 훨씬 가볍게 일상을 즐길 수 있는 것 같습니다.

낯선 공간과 사람들에게 '일상적 말 걸기'를 할 수 있다는 것이 좋습니다. 이래저래 지역 분들을 만나면서 그분들 삶을 엿볼 수 있는 시간이 있다는 것이 가장 재미있고, 즐거운 일상 중 하나입니다. 알아서 내 인생에 직접적으로 도움되는 얘기들은 거의 없습니다. 그런데 사는 이야기 듣는 것 자체가 즐겁네요. 이런 나를 이곳에서 만난 분들은 돌아가긴 가느냐고, 안 가는 사람 같다고 하십니다.

물론 안타깝게도 듣는 이야기의 내용이 늘 즐거운 것은 아닙니다. 언론에서 보도된 것과 달리 올림픽 특수를 거의 누리지 못했다는, 그래서 바가지요금이니 뭐니 얘기할 상황도 아니었다는 봉평분들 이야기, 뭇값 폭락으로 무밭을 갈아엎었다는 농부 이야기(언론을 통해 듣는 것과는 다른 느낌입니다.), 사람 구하기가 어려워 시설을 다 못 돌린다는 건강센터 관계자 이야기, 장사하느라 3년 동안 휴가 한 번 제대로 못 가셨다는 자영업자 이야기. 그런데 설사 그 이야기의 내용이 슬픈 것이라 해도 그 삶을 기꺼이건 근근이건 직접 몸으로 살아내고 있는 분들의 건강한 이야기라 죄송하게도 내게는 위로가 됩니다.

　어떤 곳에 대해 가장 많이 아는 사람은 그곳을 며칠 여행하고 온 사람인 것 같을 때가 있습니다. 정확히 말하면 아는 척하게 되는 것이겠지요. 물론 가보지 않은 것과 가본 것은 분명 다르겠지만, 우리가 보려는 것이 무엇인지, 그 지역에 대해 '안다'는 것의 의미를 무엇이라 보는지에 따라 다른 이야기를 할 수 있겠습니다.
　'안다'라는 말에 해당하는 독일어로 켄넨kennen이라는 단어가 있습니다. 이 단어의 어원이 '사랑한다'라는 이야기를 들은 적이 있습니다. 이히 켄네 디히Ich kenne Dich(나는 당신을 안다)라는 말은 나는 당신을 사랑한다는 말의 다른 표현이라고. 암튼 그러면

켄넨레르넨kennenlernen이라는 동사는 알게 되었다, 알아가는 중이라는 뜻이니 사랑하게 되었다, 사랑하게 되는 중이라는 의미가 될 수 있겠습니다.

나는 여행 또한 어떤 곳을, 그곳에 사는 사람들을 켄넨레르넨kennenlernen하는 과정이라고 생각합니다. 그렇다면 시간이 좀 필요하지 않겠는지요. 내 경험으로는 하루 이틀에 '별로 볼 것 없는 곳'으로 치부할 수 있는 곳은 어디도 없습니다. 제주도뿐 아니라 우리나라의 다른 많은 사랑스러운 곳들에서 '머무르는 여행'이 가능해지면 좋겠습니다.

물론 첫눈에 반할 수도 있겠습니다만.

여행을 마치며

여행의 본질 중 하나가 일상으로부터 벗어나는 것이라면, 그 본질의 다른 한 끝은 일상으로의 복귀를 암시합니다. 여행이 즐거운 것은 돌아갈 집이 있기 때문이라는 말도 듣습니다.

이제 슬슬 일상으로 돌아갈 준비를 해야 하는 날이 다가옵니다. 그래서 좋으냐고요? 아직은, 지금은 아닙니다. 내 학생들은 가끔 "선생님은 개강 안 싫어하실 줄 알았어요. 가르치는 걸 너무 좋아하시잖아요"라며 "선생님도 개강이 싫으시냐고" 진지한 얼굴로 묻습니다. 세상에 '나쁜 질문'은 없다지만 아니, 그것을 질문이라고 하는 걸까요?

그러나 그날이 다가오고 있고, 생존투쟁의 일상으로 돌아간 나는 그 시간 또한 나름 잘 살아낼 것을 의심하지 않습니다. 다른 사람들이 가지 않은 길을 간 덕에 볼 수 있었던 나만의 쌍무지개 선물을 마음에 품고, 다음 여행을 기다리며…….

우선 지난 여름 내내 큰 위로가 되어준 대관령에 대한 감사의 마음을 전해야 할 것 같습니다. 이곳에서 크고 작은 인연을 맺은 분들에게도 깊은 우정의 인사를 전합니다. 글 초입에 말했던 것처럼 다른 아무것도 하지 않아도 '남는 장사'라고 생각하고 떠난 길이었습니다. 그래도 정말 아무것도 안 하게는 되지 않아 끄적이기 시작한 글이었습니다. 게으른 데다 미루기 선수인 내가 그래도 일상을 떠나 있었기에 이만큼이라도 쓸 수 있었다 싶습니다.

제1독자인 내 수호천사에게 감사의 마음을 전합니다. 그대가 있어 이만큼이라도 지속할 수 있지 않았나 합니다. 읽어주신(아니 스팸메일 처리 안 하고 받아주신) 몇몇 선생님들께도 인사를 전합니다. 그리고 참, 내 직장이 이렇게 좋은 직장인지, 이번에 다시 느꼈네요. 모든 관계자들께 감사를!

내게 늘 위로가 되는 시가 있습니다.

다친 달팽이를 보게 되거든
도우려 들지 말아라
그 스스로 궁지에서 벗어날 것이다.
당신의 도움은 그를 화나게 만들거나
상심하게 만들 것이다.
하늘의 여러 시렁 가운데서

제 자리를 떠난 별을 보게 되거든
별에게 충고하고 싶더라도
그만한 이유가 있을 것으로 생각하라.

더 빨리 흐르라고
강물의 등을 떠밀지 말아라
강물은 나름대로 최선을 다하고 있는 것이다.

살아보니 삶이 마음대로는 되는 것이 아니어서 그때마다 장 루슬로의 〈다친 달팽이를 보게 되거든〉이라는 시가 생각나곤 합니다. 많은 생각이 오갑니다. 결국 우리 모두 각자 삶의 십자가를 스스로 지고 무겁게 무겁게 자신만의 속도로 인생길을 걸어갈 수밖에 없다는 당연한, 그러나 처연한 진실에 대한 생각, 말입니다.

그런데 나는 이 시로 큰 위로를 받았으면서도 혹시나 가끔 내가 주위 사람들이나 학생들의 등을 떠미는 것처럼 보이지 않았을까 하는 걱정도 됩니다. 그렇다면 이 시를 빌려 미안한 마음을 전하고 싶습니다. 부디 선생 노릇 하며 밥을 버는 사람의 직업병 비슷한 것이었다 이해해 주기를……

우리 모두의 삶이라는, 긴 여행길을 응원하며!

내게 다가오는 모든 것에 대한 감사를 담아

　내 대관령 여름 두 달 살이는 '화려하게' 막을 내렸습니다. 돌아올 무렵 흉추골절을 당한 것이죠. 시원찮은 몸이 결국 사고를 쳤습니다. 큰 사고를 당한 것도 아니고 일상적 운동을 하다 그런 것인데 전혀 움직일 수 없는 상태만 골절인 줄 알았던 무지가 화를 키웠습니다. 당장 입원하지 않으면 평생 일어나지 못하는 수가 있다는 의사의 압박을 받으며 겨울을 넘길 때까지 천장만 바라보며 있어야 하는 신세가 되었습니다. 결국 천장에 쏴서 영상을 볼 수 있는 이동식 프로젝터까지 옆구리 찔러 선물 받았습니다.

　그리 싸돌아다니더니 싸다, 소리 들을까 봐 조용히 지냈습니다. 처음엔 많이 힘들었는데 적응이 되니 묘하게 그 시간도 나쁘지 않았습니다. 사람들은 내가 돌아다닐 줄만 안다고 오해하지만 오해 맞습니다. 원의는 아니었지만 마치 스님이 동안거에 든 것처럼 고요하게 있을 수 있어 그 시간 또한 좋았습니다. 그러나 덕분에 이 글도 더불어 동안거에 들어 잠을 잤네요. 정리해 엮을 기회가 생겨 감사한 마음입니다.

내가 쓴 글을 읽은 사람들이 종종 '내가 옆에서 얘기해주는 것 같다'고 합니다. 이름을 가려도 내가 쓴 글인지 금방 알아챌 수 있다고도 하지요. 전문 글쟁이는 아니지만 듣기 좋은 말입니다. 생각나는 대로 말하듯이 편하게 쓰는 글을 개인적으로도 좋아합니다. 어려운 이야기를 어렵게 쓸 수밖에 없는 경우가 분명 있겠지만 쉬운 이야기를 어렵게 하는 것은 최악이라고 생각하지요. 소통하기 위해 말을 하고 글을 쓰는 것이라면 분명 깊이 생각할 부분일 겁니다. 말하듯이 글을 쓰니, 아마 글에서도 나의 '지문地文'이 금방 읽히나 봅니다. 대단한 것까지는 아니어도 내 글이 내 글로 읽힌다는 것은 흐뭇한 일입니다.

나는 고맙게도 글을 쓰기에 적어도 하나의 덕목을 가진 것 같습니다. 그러나 평론가 황현산 선생님의 말씀처럼 말하는 것처럼 쓰라는 것은 글을 쓰는 데 가장 도움이 되는 말인 동시에 글을 쓰는 데 가장 해로울 수도 있는 말입니다. "글의 중요한 기능 가운데 하나는 말을 성찰한다는 것"(P.135《내가 모르는 것이 참 많다》(난다, 2019)) 이기 때문입니다.

그러니 어쩌다 후루룩 써내려간 글을 엮어내기 위해 되짚어 보는 일은 또 다른 일입니다. 이미 나를 떠난 글을 다시 끌어안는 일이 살짝 귀찮고 번거롭기도 하지만 새로운 독서의 시간이기도 했습니다. 모든 내 글의 0번 독자는 나니까요. 마치 처음 보는 글을 읽는 것처럼 쏠쏠한 재미가 있었습니다.

그래도 차분한 마음으로 찬찬히 글을 마주하고 있으니 빈 구석이 많이 보입니다. 나 좋다고 쓴 글과 다른 사람과 공유하는 글이 같을 수는 없는 일이니까요. 나를 관찰할 수 있는 또 하나의 좋은 시간이었습니다.

이런 소중한 기회를 허락해준 대관령에 감사합니다. 이 글이 정말 '대관령 이야기'인지는 의문이고, 내 지난 모든 여행과 경험이 녹아든 글이지만 대관령에서 쓰인 것은 사실이고, 게으르고 미루기 대장인 내가 이 글을 쓰게 된 것 자체가 그때의 행복감이 커서 나누고 싶은 마음이 솟아났기 때문이었으니까요. 나는 아마 매 여름 그곳을, 그곳에 있는 사람들을 그리워하게 될 것 같습니다.

내가 살아오는 길에 곁을 내준 고마운 분들에게 이 자리를 빌려 마음으로부터의 인사를 전합니다. '기생'하는 인간이라 그들이 없었다면 이리 겨우 근근이라도 살아오지 못했을 것입니다. 그 마음의 첫 자락에 있는 사람이 누구인지는 말하지 않아도 될 것 같습니다. 말을 해야 아는 사이가 아니니까요.

이 글을 통해 인연을 맺고 보다 차분하고 정돈된 글이 되도록 끌어주신 책밥상 대표님에게도 깊은 감사를 전합니다. 엉겁결에 시작된 만남이지만, '좋은 인연'이 되리라는 것을 처음부터 알 수 있었습니다. 내 글을 재미있게 읽어주고 더 좋은 글로 만들어줄 뿐 아니라 삶의 이야기를 함께 나눌 수 있는 편집자를 찾고 싶었는데 그 방법을 잘 알지 못해 헤매고 있었습니다. 소 뒷걸음치다 대표님을 만났네요. 알고 보니 이미 몇 해 전 내가 좋아하는 통영이 맺어준 인연이 있었더군요. 알아채지 못했을 뿐.

그렇게 내게 다가오는 그 모든 것이 감사가 되는 오늘입니다.

덧댐 _ 두 번째 대관령 여름살이를 시작했습니다. 손목골절과 함께. 첫 대관령살이가 흉추골절로 막을 내렸으니, 꽤 요란합니다. 음, 내 대관령살이를 시기하는 누군가 있는 것이 분명합니다. 암튼 졸지에 멀리 대관령이 바라다 보이는 강릉 병원에서 수술까지 하고, '어쩌다 한손잡이'로 다시 대관령살이를 시작했습니다. 그래도 싫지 않으니 인연은 인연인가 합니다.

2020년 7월
또 다시 대관령에서